大

美

中

国

美中国——

追鸿笔记

钱国丹 ◎著

三环出版社
SANHUAN PUBLISHING HOUSE

图书在版编目（CIP）数据

追鸿笔记 / 钱国丹著 . -- 海口：三环出版社（海南）有限公司，2024. 9. --（大美中国）. -- ISBN 978-7-80773-277-8

Ⅰ. I267

中国国家版本馆 CIP 数据核字第 2024FE4575 号

大美中国　追鸿笔记

DAMEI ZHONGGUO　ZHUI HONG BIJI

著　　者	钱国丹
责任编辑	符向明
责任校对	华传通
装帧设计	吕宜昌
出版发行	三环出版社（海口市金盘开发区建设三横路 2 号）
	邮　编　570216　　邮　箱　sanhuanbook@163.com
社　　长	王景霞　　**总 编 辑**　张秋林
印刷装订	三河市同力彩印有限公司
书　　号	ISBN 978-7-80773-277-8
印　　张	13
字　　数	150 千字
版　　次	2024 年 9 月第 1 版
印　　次	2024 年 9 月第 1 次印刷
开　　本	690 mm × 960 mm　　1/16
定　　价	68.00 元

追鸿笔记
Contents 目录

野趣横生蛇蟠岛

　　蛇蟠岛位于三门县东面的三门湾内，面积 17.4 平方千米。蛇蟠岛距三门县城 17.5 千米。岛上植被丰茂，气候宜人，特别是盛夏季节，惊涛拍岸，凉风习习。自明清以来，这里即是旅游避暑胜地。20 世纪 30 年代的电影《渔光曲》，外景就选在这里。

　　1984 年的一天，蛇蟠岛一位张姓村民开着拖拉机行驶，为了避让一头不讲理的耕牛，愤怒的拖拉机一头扎进了路边的水塘。水塘才十几米大，老张借来了两台水泵，心想几个小时准能把塘水抽干。然而令人咂舌的是，两台水泵连续工作了八天八夜，水塘里的水却没见减少，拖拉机更是无影无踪。

　　20 世纪 90 年代的一天，在自家责任田旁劳作的李某突然双脚踩空，一个跟斗跌进黑咕隆咚的洞窟之中，而闻讯赶到的邻居却怎么也找不见呼救的李某。人们拨开茂密的野草，一个方形的、深不见底的洞口赫然出现，而呻吟声正是从下面传上来的。救人心切的农民们找来一根长长的绳索，垂直下到 20 多米的洞底，借着手电筒微弱的光芒，终于见到了血泊中奄奄一息的李某。由于伤势过重，李某在被送往医院的途中撒手人寰。

　　吞噬李某的洞口让人们谈虎色变。谁也搞不清岛上还有多少这样隐形的杀手。蛇蟠岛人从此出行都变得小心翼翼、如履薄冰。

其实蛇蟠岛还有些开放型的石窟。在那些艰难的岁月里，造不起房子的穷人，就把几个比较平坦的大洞当成自己的家。可是他们真不知道，岛上还有多少个隐藏得深深的石窟？

真正让蛇蟠岛出现在大家视野中的是 1997 年的一天。为了修筑被台风摧垮的海堤，蛇蟠岛人决定炸山取石。巨大的爆炸让半壁山坡泄了下来，尘埃落定之后，一个惊世骇俗的场景出

◎ 美丽的硐壁梅桩 叶文龙 摄

现了！

他们的海岛，不知什么时候被镂空了！整个山头像个不规则的马蜂窝，又像个巨大的、被掏空了的核桃壳。一眼望去，满是大洞小洞、横洞竖洞、圆洞扁洞、直洞弯洞、闭洞穿洞，这边有支洞旁生，那边是洞中套洞。洞内有水，水中藏洞，大洞犹如小型歌厅，小洞仅容得一人藏身。

蛇蟠岛人像受惊的蜂群，他们招朋呼友，奔走相告。人们认真地清点着，结果数出了1360多个洞窟来！

没有哪里的石窟像蛇蟠岛的洞穴这样率性、这样随意、这样妙趣横生的。它们像一群活泼的音符，跳跃着，流泻着；它们如一群搞怪的精灵，拥簇着，挤挨着。

2011年年末的一天，我应《中国国家地理》杂志社之约，踏上了这个神奇的海岛，刚进入景区，映入眼帘的就是"山海会盟"四个大字。

"道不行，乘桴浮于海；人之患，束带立于朝。"官府的海禁与压迫，将一些渔农工商逼上绝路，于是他们在这个小岛上"山海会盟"，在东海上演绎了一次次波澜壮阔的农民大起义——立在蛇蟠岛上的这块碑文如是说。

东汉顺帝时，张陵在四川鹤鸣山创立了五斗米道教。至魏晋，这个教会的成员遍布大江南北。东晋时期，孙恩的叔父孙泰为江南五斗米道教教主，于公元 389 年被官府杀害。孙恩和卢循率众逃海起义，立志为孙泰复仇。他们拥兵数十万，转战于当今的浙江、江苏、福建、广东、湖南、江西、湖北、安徽、广西等九个省区；起义农民烧官府，杀官吏，把斗争的锋芒直指腐朽的东晋王朝和世族大地主，从根本上动摇了东晋王朝的反动统治。402 年 3 月，孙恩进攻临海失败，跳海自杀。

卢循统率余部，破东阳永嘉，由海道取福州，公元 404 年，攻占广州，建立政权。5 年后，卢循分兵北上，势如破竹，会师江州直指建康。以东晋五斗米道教徒为中坚的海上农民大起义历时 13 年，拥兵达百万，转战大江以南，谱写了中国道教农民起义最为辉煌的篇章。作战失利后，卢循败走广州，后投水而终。

起义失败的散兵游勇们避祸到蛇蟠岛，一部分沦为海盗，另

◎ 飞虹台　叶文龙 摄

一部分则以采石为生。蛇蟠岛的石质柔韧细腻，呈漂亮的淡赭色，有多种用途。由于海岛的特殊地理位置，海运非常方便。他们的石材不但能销往附近县市，还远销日、韩和东南亚国家。

蛇蟠岛人采石，可没有龙游人那么规矩。他们随便找块裸岩就往下凿，也不管山高山低。有耐心的多凿些，坚守到代代相

传的，把一个洞采大了，采深了；浮躁些的干了一阵子就甩手不干了，还是当绿寇抢劫商船来钱爽快；也有人刚挖开个洞口，遇到什么要紧事就拔腿走人，那些洞就半途而废了。

我们在那些洞窟里"上蹿下跳"。走过聚义厅，涉过水牢房，观赏了雄狮啸天、猛虎下山、章鱼斗鲨、美人脸庞；还看到个异常逼真的"北欧海盗"。如此看来，蛇蟠岛啸聚的就不仅仅是中国人了。

形状各异的石窟下面，都有形状各异的水潭相依相伴。水潭本是挖得很深的石窟，因地势低洼，接纳了雨水山泉而成。它们碧蓝透亮，波光粼粼，煞是喜人。

如果说那些水潭如花季少女的盈盈媚眼，那么采石后的残崖就是彪悍男人的坚硬脊梁。阳光洒在透空的洞窟里，熠熠发光，

◎ 山体像个掏空了的核桃壳　叶文龙 摄

仰望洞顶，可见小小的灌木迎风摇曳。水珠沿着石壁滑落，滋润得青苔和小草生机勃勃。

据说蛇蟠岛的水潭永不干涸，也有人说这些潭水是通海的。为了验证这个，我从不同的潭水里掬水尝尝，发现全是清淡的山泉，所以通海之说不能成立。正确地说，岛上千百个水潭是互通的，所以要抽干它是不容易的。

这些洞窟开自何朝何代？无考。如果从孙恩逃海算起，应该

◎斧凿的时光　林彬　摄

有 1620 多年的历史了，或许还可以追溯到更远些。前两年，蛇蟠岛人俞景伟曾在洞里挖到三枚锈迹斑斑的古钱币，分别是汉、宋、清朝的；于是有人说，这些洞窟最早开凿于汉朝。

用千疮百孔来形容蛇蟠岛，一点也不过分。可这镂空的山体，为什么历经千百年而不坍塌？有学者曾说，这是一个仿生工程。我感叹祖先们的智慧，千百年前，就能有意无意地弄出个仿生工程！蜂窝状的结构当然是稳定的，再说洞顶都是穹形的，就像我们看到的圆拱桥一样，可以把负荷很平均地分配开来，这就是洞窟千年不垮的秘密。

蛇蟠岛既是浙东海盗的主要盘踞点，又是颠沛流离的穷人的避难所，现代的三门人就把它们划分成两个区域，分别冠名为"海盗村"和"野人洞"。有关于农民起义和海盗的故事四处流传，使蛇蟠岛更增添了神秘的野性。

现在的蛇蟠岛，已经是石文化的集成地——石窗、石几、石凉亭、全部由石头组成的石屋人家。住在石屋人家，听潮起潮落，看白鸥点点，说海盗故事。游石窟，品海鲜，妙趣难与君说。

观夕硐观瞻

　　温岭人执拗地把自己的洞窟叫作"硐"，目的是区别他们的洞不是喀斯特地貌的溶洞，而是祖先们一锤一凿敲打出来的。坊间更率直地把这些硐群叫成石板仓。我们走进了观夕硐，像是走进了悠远的历史。温岭的这些石窟，开采的年代要追溯到1500年前。

　　铁锤叮当，号子嗨哟，火星飞溅，钢钎在不屈不挠地揳进。世世代代，台州硬汉们就是这样向大山进攻的，也是这样向大山索取的。一根根绳索、一双双强壮的胳膊，从幽深的石仓里，吊出了石板、石条、石块，运往天南地北，四面八方……

　　岁岁年年，人类总是和石头亲密接触，不提远古的石锛、石斧，也不提我娘家尚存的石磨、石臼。小时候，我爱在哐哐作响的石板弄堂里疯跑，也爱在学校门前高高拱起的石头拱桥上阅读小书。路过石凉亭，我爱在石凳石桌前稍息片刻，外公门前的旗杆夹、石照壁，至今还牢牢地刻在我的记忆里；我瞻仰过天安门前的巍巍华表，也数过卢沟桥的威猛狮子，还摸过民间桥头的吉祥麒麟、灵性石猴……我认为，这一切的一切都和长屿硐天的石矿密不可分。

　　为了生计，也为了造福子孙后代，台州采石人世世代代辛勤地劳作着。1500余年，修桥多少座？铺路到何方？将多少镇邪的石兽运往名刹古寺，又把多少日用石器送到千家万户？如今我们观看着石壁上的道道凿痕、个个硐眼，就像是阅读密密麻麻的铭文，我们读出了先辈的坚韧不拔，读出了他们的聪慧，读出了他们与大山奋斗的其乐无穷。祖宗们肯定没想到，采石留下的硐穴、留下的残崖残壁，居然成为充满石文化精神的人间胜境！

在诸多的石硐中，我最喜欢的就是观夕硐了。

观夕硐位于双门硐景区凤凰山北麓。远远看去，入口处只是个斜弧形的、黑黑的缝隙，那模样像个踽踽独行的修女：前倾的身子，微低的脑袋，黑披风曳地，显得孤单和神秘。

未进硐内，先闻泉声，左侧绝壁上，一尾小瀑飘飘忽忽，下面是一个小小水潭，清澈见底。

进得硐来，却豁然开朗了。只见四龙九曲桥如四条蛟龙，威猛起伏，扑向中间的那颗巨大的石珠。桥下碧波荡漾，小鱼在悠闲地游弋。潋滟的波光映照在右侧的石壁上，一层层次第展开，僵化的残崖因而熠熠生辉。

下了石桥，踏上十余级整齐洁白的台阶，一尊袒胸露腹的石弥勒，对着我们绽开大彻大悟的笑容。他右手执一条布袋，传说汉化了的弥勒就是这布袋和尚的形象。他出生在五代，又名契此，为了修建他出家的浙江奉化岳林寺，他手提布袋，脚蹬芒鞋，四方寻找上好的石料，可总是没有找到满意的。他云游到台州温岭的长屿硐天，看到满山满地的石料，这些石料不但质地坚实，而且细腻美丽。他动心了，于是举举自己的布袋，对石矿主说，他想募捐一口袋的石板。矿主心想，一布袋能装多少呢？便爽快地答应了。谁知契此把采石场将要运往码头的石板一股脑儿

© 峒口如犀瑀独行的修女 叶文龙 摄

全给装了进去，轻轻一拎就走了。

　　宽厚的温岭人为了纪念这个神通广大的和尚，就雕塑了这尊弥勒，坐镇在观夕硐里。你看，他慈祥而潇洒地坐着，笑看来来往往的芸芸众生。

　　弥勒左后侧的绝壁上，有一小瀑飞流直下。我一直以为，石是山之骨骼，水是山之灵魂。今天巧遇大雨，观夕硐里里外外都是大大小小的飞瀑，水声哗然，使得硐群更加鲜活生动了。穿过一个低阔的隧硐，只见一只幼狮孤零零地蹲在右侧的角落里。它"头发"卷曲，爪子稚嫩，撒娇般地扭着身体，憨态可掬。比起别处凶猛威武的狮雕，它显然不够起眼。仔细一瞧那说明文字，却是宋代的作品。由于年代久远，幼狮身体的局部早已有些磨损了。前方出现了一对华表，高矗的石柱顶端，盘着一条小龙，漂亮的犄角，长长的龙须；柱身则另有长龙攀缘缠绕，更有祥云朵朵参差其间，让人觉得太平祥瑞。这可是现代新作，柱身洁白无瑕，凿痕清晰可辨。这里有先人留下来的石磨、石臼、油碾等家用石器，更吸引眼球的是别处很少见到的石窗。石窗有浅浮雕、浮雕、深雕、半圆雕、圆雕和透雕的，除通风、采光的功效外，还能防火防盗，比起木质的窗棂来真是好处多多。台州的石窗工艺历史悠久，构思奇妙，雕刻技艺早已炉火纯青。观夕硐下面就有一条透雕的石窗长廊，数百扇石窗整齐列队，威风凛凛，就图案而言，有"心心相印"、有"鸾凤和鸣"、有"五谷丰登"，还有金钿套环和"万"字串联的；花、草、树木，惟妙惟肖；福、禄、寿、禧，样样俱全，象征着丰收、富裕、和合与吉祥，又充满着对原始图腾的崇拜。

　　穿过一条短短的隧道，我们步入了硐内的音乐大厅。大厅像

个倒扣着的巨钟，高30余米，上面窄小，下面却宽敞坦荡。厅壁斧凿的线条流畅，壁面平整光滑，整个音乐厅有些像西方古老的皇家剧院。这个音乐厅着实不小，估计能够容纳700名观众。台上正在演奏，丝竹悠扬，钟鼓铿锵，灯光曼妙，少女娇美；不禁令人想起李白的"霓为衣兮风为马，云之君兮纷纷而来下。虎鼓瑟兮鸾回车，仙之人兮列如麻"，让人恍若置身在仙境中。这里并没有音响设备，但由于穹窿的共鸣和硐壁的回音，形成极好的音响效果。游客们不管处在哪个角落，都能享受到美妙和谐自然的立体声音乐。2002年，中国首届岩洞音乐会在此举办，同年，德国北莱茵州青年交响乐团也来此演出，良好的音响效果令国内外朋友交口称赞，惊诧不已。

音乐厅的右前角，有一个十余平方米大的幽暗的小池，几只青色蛤蟆匍匐其中，不知在做什么遐想。倚在洁白的栏杆上，我仰脸上望，只见硐顶如穹庐，一束山泉从天而降，击起层层涟漪，蛤蟆们也仿佛蠢蠢欲动。崖顶有一个小小的天窗，据说是一个井台。我们此刻就置身于一个无壁的井底，与蛤蟆一样有了坐井观天的感觉。

借着微光，我们顺着崖侧的石阶拾级而上，石壁上时有泉水滑落，滴答滴答地湿了路面。走上六十多级，来到了一个小小的平台上，再沿着护栏小心地转了个弯，又攀缘了数十级，迎面见到一个巨大的石碗。石碗旁的石壁上悬一金牌，上书"大世界基尼斯之最"，石碗高1.01米，外径2.71米，内径2.53米，估算一下能装2吨水。温岭人为什么要在这儿搁一个巨碗呢？据说不远处有一座"镬肚脐"山，颇像一只倒扣着的饭镬。饭镬哪能倒扣呢，那百姓岂不是要饿肚子了吗？于是就制作了这只宝碗，接住

◎ 观夕硐　叶文龙 摄

了那只不负责任的镬里倒出来的饭，一方百姓才能丰衣足食，不受饥馁之苦。

　　向左转，登上奇特的呈片片鳞状的台阶，就是一条黑咕隆咚的隧道。这里才真正地曲径通幽了，如果没有半道上一个扇状的排风圆形石窗，肯定是伸手不见五指的。我惊叹崖壁的薄，正好是一扇石窗的厚度，也钦佩当地人的聪明，这别具一格的石窗，既给人非常美感，又能借光通风，让我们一口气穿越这个又长又暗的隧道。

　　前方传来啪啪的击水声。一块方石上，斜搁着一枚青色的石钱。这石钱有多大？直径 0.8 米！虽然光线幽暗，但"政和通宝"四字却清晰可辨。更有意思的是，崖顶一束水线飞流而下，直穿那四方的钱眼，仿佛是一束麻线，要把这枚大钱穿起来。长期的水击浪溅，把石钱打磨得像涂上了一层釉彩，闪闪发亮。壁上有书法家张直生先生题写的"泉声石韵"四字，字体遒劲清逸。此

水清冽甘甜，长流不息，钱眼中终年碧水满盈，使我忽然想起古文中"钱"字与"泉"字是通假的，此刻更有财源滚滚的意义。"硐顶之水清矣，可以濯我缨，硐顶之水甜矣，可以濯我眼！"大家开着玩笑，纷纷伸手接水，或涤目，或润喉，乐不可支。

忽闻缕缕幽香，沁人心脾，前进几步，我们看到一个密密匝匝、缠缠绕绕之物，色如紫檀。

看说明，才知道是个樟树根，这是个远古的樟树根，不知出自何朝何代，更不知在海底埋藏了多少年。公元前200多年，温岭的渔民从海底的泥沙里把它挖掘出来。

自树根之右转到一个井台旁，这八角井的每一面的石栏上都雕着图案，或鹤舞，或鹿戏，或梅、兰、竹、菊，或荷叶莲蓬，清雅可爱。上方斜壁上，有著名画家王伯敏先生题写的"醉茶"两字。汲此井水，煮云雾茶，游长屿硐，茶不醉人人自醉啊！

可是顺着井口往下一望，许多人连连咋舌，大喊"晕！"原来，这一望就望到38米的深处！但凡井，井口下面便是井壁，这井可怪了，下面无壁，竟是深深大洞。怪不得有人给了它一个"天下悬空井"的称号。居高临下，定睛细看，发现了我们先前见过的那个幽暗的小池，但见波光粼粼，几只蛤蟆隐约可辨。过了悬空井，就是一段泉水淋漓的台阶，阶上青苔点点，路隘且滑，大家互道小心，穿过了那段"雨霖铃"，终于到达了硐顶，眼前豁然开朗。但见艳阳高照，清风拂面，我们深深地吸了一口气，竟然有了"硐中才片刻，世上已千年"的感慨。

我们来到了硐外的观音壁下。壁上的观音都是依山傍势就地凿成的，有端坐莲台的，有手执柳枝的，有怀抱宝瓶的，有身驾祥云的，一个个慈眉善目，和蔼安详。中国人崇拜观音，是因为她大慈大悲，救苦救难。从观音壁下望，山脚有一个小湖泊入得眼来，湖水碧中带乳，湖边绿树掩映。一拱桥，牵着逶迤的小道，把小湖一分为二，很是妩媚。拐了几个弯，到半山腰一个凉亭，亭柱上有一副对联，上联"硐凿九霄横揽云天胜境"，下联"阶崇千级俯瞰世界奇观"，对此硐此景，倒也十分贴切。离了此亭转个小弯，又能俯瞰硐内，却是别有景象：只见雕栏玉砌，石级回旋，大小硐穴错落有致，层层叠叠。若是上方有一扇天窗，得了甘霖和阳光的小块地面，必定是绿草如茵，翠竹丛生。我们又转进硐内，站在不同的角度，俯看、仰看、正光看、逆光看，那石那窟，有的似卧虎瞌睡，有的如小象觅食，有的像孔雀开屏，有的如仙女散花。真是"远近高低各不同，只因身在此硐中"！嶙峋断岩前面，有一独立小山，俏丽玲珑，犹如盆景，崖前绿树轻摇，崖上藤萝横牵，颇像一个妙龄少女，佩戴着翡翠的

© 观夕硐山水壁画　叶文龙 摄

头饰和项链。再仔细一看，隐约有"剑冢"两字，平添了几分神秘。

最后，石级夹道的是一对龙柱和一对石鼓。这龙柱和先前我们见过的那对并不一样，通体是祥云图案，一条小龙隐约其中，看起来有些年代了，柱上青苔斑斑驳驳，青龙却更显矫健刚劲。下有一碑，据说是明代成化年间的作品，当年温岭（太平）建县时，特打造了它们立在县衙门前显示权威的，倒也是个历史的见证。

这是我第六次观瞻观夕硐了，每次观赏，都有新的发现，每次瞻仰，都被它的鬼斧神工折服。长屿硐天"虽是人工，宛若天成"，硐套硐、硐叠硐、硐复硐，硐外有天，天外有硐。硐硐相连，硐硐贯通，千姿百态，诡秘神奇，正应了唐诗之句：

> 突兀压神州，
> 峥嵘如鬼工。

◎祥光　叶文龙 摄

龙游石窟之谜

　　凤凰山位于钱塘江上游的衢州境内，距龙游县城 3 千米。如练的衢江在它南边缓缓流过。

　　严格地说，凤凰山只能算一个丘，它的占地面积仅 0.38 平方千米；站在山脚往上看，好像还没有十层楼高。山上植被相当丰富，郁郁葱葱地遮掩了一切。我们沿着山脚绕行，可见些十几、二十平方米大小的水潭，水潭上方野草葳蕤，藤萝倒垂，间或露出些许橙色的岩石。

　　潭水清且涟漪。村民们从水潭里挑水做饭，汰衣洗菜。年复一年，小小的水潭看不出有什么异样。1992 年的一天，有人在潭

里捕上一条 17 斤半的大鱼，这就惹得大家心里痒痒的。于是几个村民集资 1 万元，买了 4 台水泵，他们要抽干潭水，看看水底下究竟藏着什么。

抽水机轰隆轰隆地干将起来。随着流水的哗哗外淌，潭里若隐若现地显出一个长 3 米、宽 2 米、深 1 米的倒斗形的洞口，它像一只怪兽的盈盈泪眼，瞪着这几个冒昧的农民。

水泵孜孜不倦地作业着，随着水位渐渐下降，一道石壁浮出水面。越往下，石壁越往里倾斜，洞也越大。第四天，水面上露出一行台阶；第九天，两截巨大的、鱼脊状的石柱呈现在人们的

◎ 幽深　叶文龙 摄

眼前！

　　水泵抽了17个昼夜，潭里的水终于抽干了，一个沉睡了千百年的、气势恢宏的洞窟，揭下了它神秘的面纱。四个农民在四束手电光的带领下，忐忑不安地、一步一滑地向洞里探索。手电幽暗，石影迷离，他们小心翼翼地、胆战心惊地走着，仿佛走向一个魑魅魍魉的王国。他们发现，洞壁的一边如刀削斧砍般笔直，另一边却以45度向内倾斜，断面齐整，线条流畅。终于到了洞底，但是令他们失望的是，洞底除了淤泥，连一条鱼苗也没有。

　　他们一鼓作气，相继又抽干了附近的6个石窟。测量的结果

是，最大的洞窟面积有3000平方米，最小的也有360平方米。它们的形状大同小异，开采的技法完全一致，仿佛出自一人之手。这7个石窟完全独立，左右相邻而不通，上下相依而不连，分隔此洞和彼洞的石壁，最薄处只有50厘米！如此泾渭分明、互不干扰的洞窟，在浙江别处很难见到。

　　我们是接受《中国国家地理》杂志社的任务，特地到龙游石窟考察的。村民们抽干的7个洞窟又被水淹回去2个，现在对外开放的就5个洞窟。我们来到5号洞前（它们的编号是反过来的，最先游览的是5号洞，最后游览的才是1号洞）。

　　洞口很小，也就四五平方米大的样子。顺着龙游人新铺的石级，借着微弱的灯光，我们下到洞窟里面。洞窟有30米深，像一个巨大的、埋在地下的酒坛。我们站在洞窟底部，就像一只跌落在坛底的小小昆虫。

环视周遭，我的感觉是，龙游的祖先们把洞穴收拾得太干净了，没剩下一角残崖，没留下一块破石，洞壁上没有"狼牙犬齿"，整个洞内也没有半点人间烟火的痕迹。

石窟的石色红润，采凿的痕迹柔和而美丽，它们如湖面上荡开的层层涟漪，又如沙漠中轻轻扫过的风迹。每一个拐角均呈弧形展开，颇像鸟儿振翅欲飞的翅膀。洞底平坦宽敞，一如平整得很好的农民晒谷场；一侧有个深深的矩形水潭，积攒着壁上滑落的点点水珠。

仰望洞顶，我想起《敕勒歌》里的"天似穹庐，笼盖四野"诗句。不错，石窟的顶部就像苍穹。随后我们游览了龙游的其他几个洞窟，发现采石的斜度、平直度、深度和间距，都惊人地相似。每个洞窟的穹顶上都只有一个倒斗形的天窗，那就是供大家进进出出的唯一洞口，当年的石工们，都是从这些洞口进来的，数万立方米的石料，也都是从这些小小的洞口吊出去的。

龙游石窟最出彩的是洞中的石柱。它们或方，或圆，有的还是生动的鱼尾形状。凤凰山的石质属红砂岩，比浙江别处的凝灰岩松软，也许是曾经塌方的惨痛教训，使他们懂得柱子的必要。柱子和柱子的间隔适当，跨度合理，共同承载着洞顶沉重的负荷。石柱和洞窟上下浑然一体，接壤处是大大的弧度，这种弧度能起到防止劈裂的作用，让我们不得不惊叹先辈们的智慧和科学。柱身雄壮而挺拔，上面凿痕细密精致，似水波，像稻浪，整齐，优雅，美得如艺术品一般。我抚摸着柱子，顿时有了一种想要拥抱它的冲动。

最后，我们来到了1号洞窟。1号洞窟是目前开放的龙游石窟中面积最小的一个，仅360平方米。这个洞的上石壁上有一幅栩栩如生的鱼、马、鸟图案，这是所有龙游石窟中唯一的一幅崖雕。这水、陆、空三种动物，有人认为是天马行空图，有人则认为是原始部落的图腾，也有人说什么也不是，就是一个有着艺术细胞的石匠手痒痒了随意刻画而已。

从1号洞窟出来，顿感外面的阳光格外灿烂。我品味着这5个洞窟，想起它们在水下千百年的沉寂和落寞，觉得如梦一般。我想起别处的采石遗窟，它们大都零乱而峥嵘，为什么龙游的洞窟收拾得如此干净、如此体面，难道是专门迎接一场大水的封存？

龙游石窟到底始于何朝，终于何代众说纷纭，龙游石窟的由来和目的，更是莫衷一是。我却认为，有一种说法比较靠谱。

春秋前期，由于周人的压迫，徐偃王率领徐人南迁，他们在浙江的土地上流浪、生息。郭沫若曾说过："春秋初年之江浙，殆犹徐土。"浙江境内后来出土的徐器，证实了郭老的观点。直到今天，浙江的嘉兴、绍兴、宁波、舟山、台州和衢州等地，都留有偃王庙、偃王寺、偃王墓等遗迹，可以佐证徐国君臣的确在浙江活动、生息过。

韩愈的《衢州徐偃王庙碑》中有"凿石为室，以祠偃王"句。以此推论，徐国人善于凿石。"南漂"的徐国人把采石技术和采石工具带进了浙江。于是有人说，浙江的石窟应该都是徐国宗祐制度的产物。石室结实、防火，是贮存祖宗灵柩和牌位的好地方。就此推论，龙游石窟的起始应该在3000年前。

石窟既可以"住"祖宗灵位，当然也能住人，"南漂"的徐国人把石窟挖大些，就可以安置妻小了。这样的居所，成本低

◎ 如幻　叶文龙 摄

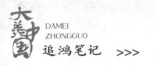

廉、坚固耐用，野兽不侵，更不怕火灾。再以后，挖出来的石头有了经济价值，人们就干起采石的营生，洞窟也就越挖越大，大的就是我们现在看到的样子。

可现代的龙游人太有想象力了，或者说他们太乐于想象了。对于石窟的用途，他们就有皇宫和寝陵之说，越王屯兵之说，更有储粮之说，还有储水伏龙之说，甚至还有外星人开发之说。纷纷扬扬，热闹得很。

因为找不到半点皇家遗物和陪葬品，皇宫和寝陵之说被龙游人自己给否定了。储水伏龙之说是个神话，不可能留下这么多实实在在的洞窟。外星人之说也太过牵强，谁也不会相信；剩下的只有屯兵和储粮之说了。我开玩笑道，真的屯兵，敌方只需一兵一卒把住洞口，里面纵有千军万马，一个也别想活着出来；若往洞窟里投些火把柴草之类的，里面的人也全给熏死了。储粮则更是荒谬，24个数万立方米的大窟，该储多少吨的粮食？再说粮包从30米深的洞里吊进吊出，岂非劳民伤财？更关键的是洞里不仅潮湿，而且极易进水，难道不怕粮草霉烂泡汤吗？

相对洞窟的恢宏，洞口比例实在太小。于是又有了"怕人觊觎、分一杯羹"之说。这话有些道理。俗话说，荒地没人耕，耕起来有人争。洞口开得越小，保护胜利果实就越容易。什么叫一夫当关万夫莫开？这样的洞口就是。但依我之见，有两个理由更有说服力，一是小小洞口，防水简单，搭一个草棚能挡雨，砌一道小坝能拦水；二是尽量减少石窟氧化。导游曾说："在洞内采石像切豆腐那么容易。可是石材一旦吊到洞外，很快就会氧化变得坚硬无比。"所以洞口越小，越能保证洞里的石头柔软易采。

浙江别处采石，都是从山头找块裸岩往下凿的，而凤凰山因为矮小和草木繁茂，它们的采石大都是从山脚向里面挖的。地底下没有出路，几场暴雨或一次洪灾，洞窟就被水封了，所以龙游人看到的，只是一眼眼水潭。凤凰山周遭这样的水潭有 24 个。

龙游人觉得最不可思议的是，史书和县志上，都没有关于本地石窟的记载。我认为，那是因为徐国灭亡得太早了，他们的"政绩"也跟着消亡了。还有就是大水过早地封了石窟，也彻底封存了人们的记忆。

但有一点是肯定的，这些洞窟不是某朝某代某帮人一口气打凿出来的，而是世世代代的子承父业、徒循师训，不断开掘、不断提高采凿水平的结果。而最后一个领袖，应该是相当严谨、相当权威的，否则，龙游石窟的"造型"不可能这样相似，采石的遗痕不可能这样细腻，这样美不胜收。

千古桥闸

  这是作协的一个活动，我和邹园被派往温岭市的新河镇。新河镇位于温岭东北 15 千米处。汽车载着我们吭哧吭哧了半个小时，来到了目的地。

  正是三伏天气，自然酷暑难当。汽车的空调又不好，发动机简直就是烤箱，坐在副驾驶位置的我觉得双脚都快要被烤成熟红薯了。即便这样，我心里却挺快活。因为我们毕竟有车子坐，想想从前那些来新河干活的水利工作者，他们肯定是扛着背包"走路日当午，汗滴路上土"，想想北宋的罗适和南宋的朱熹，官当得这么大了，肯定也没坐过跑得这么快的四个轱辘；相比之下，我们实在是太舒服太幸福了。

  在新河人老王的陪同下，我们来到了金清港。港，我以前的理解是港汊，是江河湖泊的支流，是可以停泊船只的口岸。可温岭人奇怪，他们指的"金清港"，却是这条名叫"金清"的大河。台州人"江""港"谐音，或许当初就叫金清江，以讹传讹就写作金清港了。

  我们漫步在金清港的岸上。见水面辽阔，碧波荡漾。向北远眺，披云山郁郁葱葱，隐约可见重新建造的烽火台——当年抗倭烽火台早已坍塌了。近处，有榕树华盖，香樟亭亭，给人打造出一片片的绿荫。我们缓缓走去，又见绿杨依依，垂柳扶风，三三两两的浮莲，随着河水活泼泼地漂流；虽是炎炎夏日，却让人顿觉神清气爽，神闲气定。

我说，水流得挺快。老王说，这算什么，雨后那水势才叫猛呢。

大家都知道，台州多高山。十多年前，隧道没有完全打通，外地人来台州，要绕过多少个险象环生的悬崖峭壁，要穿过多少条湍急奔涌的山溪河流？若遇到大雨天，山洪暴发，河水猛涨，裹挟着沙石和连根拔起的树木杂草咆哮而下，势不可当。如果不能及时排涝泄洪，那下游的黄岩、温岭可就惨了。

我们看现代版的温岭地图：金清港的支流极多，它们纵横交错，经经纬纬，织成了一张巨大而丰沛的水网，滋养着整个温黄平原。这就是历朝历代治水者的功绩。温黄平原素来以产稻谷著称，所以台州有句老话：温黄熟，六县足。可是在北宋时期，"温岭地最洼下，昔人谓为釜底"。温岭的一个大镇，至今还叫作"泽国"，当年的积水状况略见一斑。这样的农田，养荷花栽茭白还差不多，种粮食，十年九荒也就不足为奇了。

中国是个农业大国，历代的清官，都以兴修水利为己任。如果说大禹治水多少掺进了一些神话色彩，那么战国时期蜀郡太守李冰及其子率众修建的都江堰工程，还坚如磐石地屹立在岷江的激流之中，一任后来人瞻仰和感叹。

提起台州兴修水利者，百姓们忘不了一个人——罗适。罗适字正之，生于1029年，卒于1101年，台州三门人。他是北宋时期诗人、思想家，更是著名的治水专家。罗适小时候的学习才叫认真刻苦，买不起书，典当了自己的冬衣去购书；没有灯油和蜡

© 长虹卧波　叶文龙 摄

◎ 宋代桥闸群　叶文龙 摄

烛，他取出柴火中的松脂点燃夜读。功夫不负苦心人，治平二年（1065年），他高中进士。随后，他任过安徽桐城尉、河南开封令及著作佐郎、朝散大夫等职，勋至上护军。他为官清廉，不信鬼巫，为老百姓做了很多好事实事，颇受人们的爱戴。罗适去世之后，乡亲们把他的遗体迎归故里，厝葬在马家山上。

北宋元祐年间，罗适任两浙提点刑狱，巡行浙东。到了黄岩温岭，他踏勘了90多条河流港汊，这些河流虽有一些拦水的堤堰，却没有一个水闸。上游的人筑了堤坝，把水给拦走了，下游的人就召集人马，拿刀弄棍，打将上去掘堤放水；对方也不甘示弱，双方常常打得头破血流，严重时还闹出人命。

这样的土坝，遇山洪暴发，很容易被冲毁，既保不住水，还给下游带来洪涝之灾。

罗适还查明，沿海三分之二面积的土地，因受海潮侵入，都成了盐碱地。70余万亩农田旱来旱死，涝来涝死，咸了咸死。农民有种无收，真所谓"四海无闲田，农夫犹饿死"了。

罗适以渊博的治水知识和丰富的治水经验，全盘安排水利计划，他将位于河流要害处的大堤，改建成水闸。所谓水闸，就是在河道的关键处装一扇能升降启闭的闸门，将闸门开启，河水可自由流通，将闸门关闭，就截断了水源。这样就实现了蓄水保水、均衡水源、防涝排洪的作用。

罗适不辞辛苦，亲自率领工程技术人员和民工们，夜以继日地赶造水闸。当年就建成了永丰、黄岩、周洋三闸并投入使用。水听人管了，人畜有水喝有水用了，上下游的百姓也和谐了。庄稼伺候舒服了，就努力地给百姓多长些谷子，"连岁之间，民喜其利"。尝到了甜头，官民修建水闸的劲头倍增。附近邻县的人都来取经，处处学习造闸，从此浙东地区的水闸星罗棋布，遍地开花。水利事业的迅速发展，解决了农民的温饱问题。

可是，不是每一个官员都能像罗适这样关心百姓疾苦的。在以后的百年里，朝廷腐败，金兵南侵，山河破碎，黎民倒悬。皇帝抱头鼠窜到南京（商丘）去了，再后来在杭州建立了苟且偷安的小朝廷；大臣们也自顾不暇，卷了金银细软，带了大小老婆各奔东西。台州的水利建设没人管了，渐渐地，河道壅塞，水闸毁坏，农民们又陷入了水深火热之中。

另一位对台州水利做出重大贡献的官员是朱熹。朱熹，字元晦，生于1130年，卒于1200年，徽州婺源（今属江西）人。宋绍兴十八年（1148年），19岁的他进士及第，随后知南康，提点江西刑狱公事、秘阁修撰、焕章阁侍制、侍讲等职。

朱熹是程颢、程颐的四传弟子，程朱学派的主要代表，是南

◎ 宋代桥间祥　叶文龙　摄

宋著名理学家、教育家。

　　朱熹博学多才，著作等身，光是收进《四库全书》的就有四十部。他宣扬"存天理，灭人欲"。年轻时我一听这"灭人欲"，吓了一跳，可能有人会和我一样想："灭人欲"是把人的欲望都灭掉，太霸道太残酷了吧？所以骂的人很多。细看原话，却是这样的："饮食，天理也；山珍海味，人欲也。夫妻，天理也；三妻四妾，人欲也。"这理论，无非是让人节俭一些，收敛一些，不要太放荡，太穷奢极侈而已。这理论，从今天的廉政角度、

道德角度和养生的角度去看，都有着积极的意义，而在当时哀鸿
遍野、路有饿莩的情况下，更是必要的。

　　淳熙八年(1181年)，浙东风不调雨不顺，饥荒像一个幽灵，
在台州上空盘桓，百姓们活不下去了，腿脚灵便的外出逃荒，性
格倔强的落草为寇。朱熹受命于危难（任提举两浙东路常平茶盐
公事)，于农历十二月初六那个朔风怒号大雪纷飞的日子，踏上
了临安（杭州）到台州的旅程。

　　南方没有车马道，崇山峻岭行不了舟楫，更兼年关逼近，盗
贼猖獗。在那个寒冷而危险的冬日，年过半百的朱熹日夜兼程，
奔台州来了。

　　当时临安是"山外青山楼外楼，西湖歌舞几时休"，而台州

◎ 桥闸风韵　叶文龙 摄

的官员也不甘落后，太守唐仲友（字与政）天天灯红酒绿，聚众豪饮，高级歌伎们则在一旁莺啼燕啭，轻歌曼舞。朱熹拍案而起，他拒绝了地方官员的接风洗尘，直接取道黄岩温岭。他召集有关人员，了解到这年台州飓风接踵，洪水上屋，道路行船，更兼泥石流、山体滑坡等灾情，百姓死伤不计其数。又遭遇八月十五的大潮汛，海水倒灌，晚稻腐烂，颗粒无收。朱熹痛心不已，他四处奔走，实地踏勘一个个旧闸，但见闸板朽烂，闸桥断裂，腐水浊泥堆积数里之遥。朱熹立即向朝廷打了报告，阐明温黄平原乃浙东的粮仓，说温黄熟不但台州足，还有余粮可以支援新昌、嵊县等地；但因为水利工程年久失修，河闸淤塞不能用；又因为地方财政困乏，无力检修；请求朝廷火速拨款 2 万贯。

接着，朱熹起用人才，举荐温岭的宣教郎林鼐和承节郎蔡镐主持修闸。说"林鼐曾任明州定海县丞，敦笃晓练，为众所称；蔡镐曾任武学谕，沈审果决，可以集事"。同时指斥了当时的黄岩县令范直兴"不甚晓事，恐难依仗"。

有了资金，有了得力的干部，又招募了民工，台州的水利工程轰轰烈烈地开始了。他们浚修河道，挖掘官河，该分流的分流，该疏通的疏通。最关键的是，在重要的河口重新筑闸。闸的功能是：枯水期，关紧闸门，保蓄淡水，不让宝贵的淡水白白流失；雨汛期，开闸放水，不让大水淹没了庄稼和民房；大潮上涨时，关紧闸门，不让海里的咸水倒灌进来，保证良田不进盐碱，保证百姓吃上好水。

修闸期间，朱熹并没有按他的"级别"住在舒适的官邸里，而是和工程技术人员一样，住在闸旁的百姓家里。有一晚，他宿在海边闸头洪亭长家里。夜深人静，月白风轻，朱熹听潮起潮落，思筑闸之各种事务，心潮起伏，睡意全无。遂披衣起，在庭中踯躅吟哦，得七绝一首，提笔写在主人墙上：才到重阳气便高，雁声天地总寥寥，客怀今夜不能寐，风细月明江自潮。又有一次，他宿在下蒋村，与一陶姓老人探究兴修水利之事，这老陶是有学问之人，且德高望重，说起建闸头头是道。两人谈得十分投机，朱熹心里高兴，索来笔墨，亲书"静廉"真书二大字，赠予老人。

朱熹在罗适的基础上，博采众长，增加了水闸的科技含量。他悟出了一个"连通器"原理，以保持水位的平衡。他对建闸执行官蔡镐说：南监（属新河）的五个水闸，基底石必须齐平如一，使河流五道俱通，若一闸稍低，水流就会涌到这个低的水闸去，久而久之，这个水闸必定会被淹坏，其余的水闸也要废弃了。

在当时的科学条件下，怎样才能做到"基底齐平如一"呢？武学博士蔡镐想出个法子，他们在披云山的烽火台上竖起旗帜，放置铳炮。挑了个大潮日子，每个闸处都派专人守候。蔡镐自己手执红旗守候在海边，待到潮水退到最低位置时，他挥动手中的

◎ 桥闸上布满岁月的藤萝 叶文龙 摄

红旗，烽火台接到信号，立即倒旗放铳，五闸的守候者们都听到看到了，都在这统一时间里画定统一的水平线，然后就按照这水平线打基建闸，以达到五闸齐平的标准。

在官民一齐努力下，短短的几个月内，中闸、北闸、麻糍闸、下卢闸等四座闸桥初具规模。

他们还别出心裁搞了个"爬梳之法"，每个水闸，都配置了一个梳状的耙子，每隔一段时间，就耙去杂草，疏去淤泥，洗涤净闸门闸槽，保持闸门的启闭自如。使"其间田亩约计七十万，尽为膏腴"。

朱熹曾说："水利兴则黄岩无旱潦之灾，黄岩熟则台州无饥馑之苦。"世世代代的台州人都不会忘记这两句名言，有识之士认为朱熹这话最为"洞究利害"。

所谓物以类聚，人以群分。这么苦干实干的朱熹，对官僚们歌舞升平、骄奢淫逸的生活，当然是深恶痛绝的。

有个女子叫严蕊，字幼芳，是南宋初年台州大腕级官妓。洪迈《夷坚志》第十卷里说："台州官奴严蕊，尤有才思，而通书究达今古。"周密在《齐东野语》中称她"善琴奕歌舞，丝竹书画，色艺冠一时。间作诗词，有新语。"因此，严蕊红极一时，大小官吏、富豪乡绅都以结识她为荣。求人办事，也常常通过她去开后门。

唐仲友也很迷恋严蕊，鉴于自己一把手的身份，不敢轻易造次。但凡有重大盛事，必召她歌舞侍宴。那严蕊的确是有点才华的，有一次，唐仲友指着窗外盛开的桃花，以"红白桃花"为题，命她题词一首。严蕊略加思索，挥笔填就《如梦令》一阕：

　　道是梨花不是，道是杏花不是。白白与红红，别是
东风情味。曾记，曾记，人在武陵微醉。

　　吟咏罢，众人拍手叫绝。唐仲友高兴极了，当即赐其锦帛两
匹，端砚一方，外加纹银二十两。从此，两人卿卿我我，吹弹唱
和，难舍难分。

　　宋朝有法律规定，凡官府举办酒宴，可以召官妓歌舞佐酒，
但不得留她们过夜伴宿，违者律处。朱熹正为治水之事绞尽脑
汁，寝食难安，唐仲友却在那里花天酒地，不管百姓死活。朱熹
很是愤懑，就上书弹劾唐仲友"违法扰民，贪污淫虐，蓄养亡
命，偷盗官钱"。这一招应该是很厉害的，不但揭发了唐仲友的
经济问题、生活作风问题，还揭发他涉黑！可是唐仲友的姻亲王
淮是当朝宰相，他把奏章压下了。朱熹岂肯善罢甘休，他一连
上疏十次，终于有人把奏章送达皇帝手里，唐仲友因此被革了
官职。

　　然而王淮咽不下这口气，他不断地在皇帝面前攻击朱熹，所
以朱熹在台州只待了九个多月，就被调走了。这不，治水只治了
一半，水闸也只建了四座，如果能干满一届两届，可以为台州做
出多少贡献啊！

　　淳熙十年（1183年），朱熹作为常平使者，又一次来到台州。
他不管鞍马劳顿，就召集有关人员，接着干他的未竟事业。他和
下属们经验丰富，成竹在胸，夜以继日，马不停蹄地苦干，终于
把回浦、金清、鲍步、蛟龙、陡门等六闸打造完成，和以前造的
四个水闸加在一起，朱熹在台州造了十座桥闸。这十座闸，保证
了温黄平原七十余万亩农田的灌溉和排涝，保证了台州农民的丰

收和温饱。

朱熹为人刚正不阿，因此官场不能春风得意。他在考取进士后的50多年的时间里，做官只做了7年，而真正待在朝廷伴驾则只有46天。但是，朱熹治水功不可没，他修闸的壮举，被记入了史册，成为后代官员们学习的楷模。明嘉靖年间，台州知府周志伟，率领黄岩知县方介、太平知县曾才汉一行，来视察朱熹当年修建的水利工程。他们走了几天几夜，发现河道因长久未浚，海道淤涨，都堵塞了；河闸也因为没人管理，牛踩人踏，闸桥断裂了，闸板朽烂了，再也不能用了。周知府急了，赶忙向朝廷奏疏，要重新修闸，并历举朱熹当年造闸的功绩，要求政府拨下款项。他在奏章上写道："金清、迁浦、周洋、黄望、永丰、细屿等闸，知为朱文公遗迹，锐意修复。"周志伟还盛赞朱熹的

◎ 流光　叶文龙 摄

治水之策的英明，锐志向他学习。并褒扬众水闸的功能是"潦则泄之，旱则蓄之，潮则捍之"。

在老王和小鲍的带路下，我们参观了尚存的几个水闸中的中闸。中闸位于新河镇中闸村南鉴小学后面，桥畔矗立着一块石碑，上面刻着：此闸系朱熹所建，始建于南宋，各代重建。闸三孔，南北走向，长14.4米，宽3.8米，中孔跨度为4.9米，南北两孔跨度均为4.8米，闸正中开两闸槽。

可是，由于年代久远，闸下淤泥堆积，杂草丛生。闸桥看起来像一条长长、矮矮的石凳桥。旁边散落了一些石条，两个闸孔基本堵塞，一个闸孔里有细细的流水潺潺，似乎向我们诉说岁月的沧桑和当年的风光。

太阳西斜了，车子带着我们去看另一座桥闸——麻糍闸。麻糍闸位于新河镇原高桥乡驻地东约500米的河上。这个闸有个有趣的故事，传说建闸时节，桥板铺上去就断了，再铺再断。正在束手无策之际，有仙人路过，见状，忙拈了一块麻糍，将断石给粘牢了。我们笑着说，温岭的麻糍这么厉害，倒是牵出个饮食文化来了。

车子在南鉴村旁停住。我们下了车，踏上一条逶迤不平的田间小路。小路很窄，荒草没膝，狗尾草挥手向我们致意，空气中弥漫着一种久违了的田园气息。田埂两旁的水稻生机勃勃，齐整硕壮，丰收在望。

下了一条蚯蚓般的田塍，高一脚低一脚的，我们终于来到麻糍闸旁。这是个两孔梁式闸桥，由大块大块的花岗岩砌成。造型美观，制作精良，闸设两孔，东西走向，长11.8米，宽3.8米，两孔跨度均为4.75米，闸墩侧面的正中，开着笔直的闸槽，当

年的闸门就是沿着这闸槽升降的。我们现在是看不到闸门了，据说，闸门由不易腐烂的厚木板做成，上面凿两个圆孔，启闸时，用两根带钩的铁杆钩住圆孔，几人奋力提将起来，水流就哗哗哗地通过了。

闸墩下部做成分水尖，以避大水的正面攻击。分水尖上叠砌石台，石台之上采用叠梁，其挑出的叠梁头做成插拱状，并用斗承托拱状叠梁，非常有特色，它很有观赏价值。

2006 年 5 月 25 日，国务院核定公布了第六批全国重点文物保护单位，温岭市的新河闸桥群作为古建筑类名列其中！

所谓的闸桥群，除了朱熹当年所建的几个水闸之外，还有一座寺前桥（即现在的金清大桥）。接着，我们就直奔远处的寺前桥而去。老王告诉我们，大桥始建于明朝，现在保留下来的，是清嘉庆初年的二次重修。

映入我们眼中的金清大桥高 12 米，长 64 米，宽 46 米。大桥五拱五洞，洞洞通航。远远望云，似蛟龙横渡，如长虹卧波。我们步上桥去，发现桥面建筑非常艺术，每个桥拱的上面都铺作平台，五个平台错落有致，中央的那个最高，两边对称下去。高低平台之间，都由十道石阶齐齐整整地相连。桥侧有石砌护栏，56 根栏柱上端，或狮子，或麒麟，或荷花，或莲蓬，精雕细作，栩栩如生，祈求一方百姓岁岁平安，年年吉祥，瓜瓞绵绵，子嗣昌盛。

桥的南北两端，各连着一个方形桥亭。亭四角攒尖，造型别致，可供行人避风挡雨、乘凉歇脚，体现了人文关怀的初衷。亭上原有匾额，由天台书法家梅人鉴书。南曰"人无病涉"，北曰"水不扬波"；同样祈求风平浪静，国泰民安。此桥已有两百多年历史，一任人踩马踏，车水马龙。就在我们流连之际，摩托车呼啸而来，风驰电掣而过，手拉车满载着货物，吭哧吭哧上上下下。老王说，几百年如一日，金清桥岿然不动，可见当时建造的绝不是豆腐渣工程。"文化大革命"期间有人头脑发热，砸掉了桥柱上的几个狮子脑袋，不过其他雕饰保留尚好，宛然如初。金清桥具有相当高的旅游价值和科技含量。

官河的开凿与水闸的设立，让蓄水、排涝和农田灌溉都有了保障。明清两代，沿海陆续开辟农田二十余万亩，温黄平原在不断地扩大。

金清港浩浩荡荡，大型机动船轰隆轰隆地驶过，耕起了汹涌的人字形的波涛。直到现在，金清闸桥的水利设施仍起到灌溉农田、抗旱防涝的重要作用。在宋代，那该有多大的现实性和前瞻性！

我们走在金清闸桥之上，感受清风在脸上吹拂，河水在桥下长流，心中朴素的清官情结油然而生。罗适和朱熹主持建造的金清桥闸，就是莫大的功德。这种功德就像眼前的金清桥闸一样，是岁月的风潮难以磨灭的。

水闸是镜鉴，是历史。我抚摩着栏杆，端详着水闸，如读一本史书，如看一块丰碑。

桥头的亭子里，几位长者在说古论今。千古功罪，百姓自有评说。

绍兴的残山剩水

踏上绍兴的土地，我就想到古老的越国，想到勾践的卧薪尝胆。当然，还有王羲之、陆游、秋瑾和鲁迅。

我到绍兴，也是去看采石遗迹的。

绍兴的采石记载始于汉，但我感觉实际始采的时间应该是春秋，和龙游石窟属同一个时期。1982年，绍兴306号墓出土的青铜器、玉器、兵器、礼乐器等能证明那是徐偃王的墓，徐国能把采石的技能和工具带给龙游，为什么不能带给绍兴？何况，古越

◎水墨画里游　叶文龙　摄

国是用什么筑城的？难道是泥土垒的吗？

曾经的庄严城墙，漂亮府第，形形色色的牌坊，官员门前的旗杆夹，有钱人家的石锣石鼓，石人石马；更有兴修水利的桥闸、塘坝、运河等，绍兴的这一切，都是用石头砌成的。石料的用途越来越广泛，靠山吃山的民工也越来越多。

经过一代代石工前赴后继的开采，绍兴的许多山不但被"吃"空了，甚至连薄薄的山壳也被砸成石渣派上了用场。留下的只是当初支撑洞顶的石柱和一些坚不可摧的残崖。绍兴人还善于向地底下深挖取石，挖下的地窟积了水，于是就成了塘，成了潭，成了荡，成了湖。

面积5.79公顷的绍兴东湖，就是绍兴的石工们挖出来的。东湖位于绍兴城东6千米处的箬篑山北麓，与杭州西湖、嘉兴南湖并称为浙江三大名湖。

坐着乌篷船，我们在东湖里荡漾。湖水深深，是那种类似大海般蔚蓝色的深；湖面却平静如镜，把残崖峭壁和长在残崖峭壁上的野草和灌木倒映得如梦如幻，让我有了"鸟在湖中飞，鱼在天上游"的感觉。

"欸乃一声山水绿"，艄公手脚并用，驾驭着乌篷船时而在犬牙交错的危崖边轻轻擦过，时而在玲珑奇巧的石桥下悄然穿越。艄公很热情地告诉我："东湖是经过45代人的接力采石才挖出来的。东湖特别值得一看的，是三个采石留下的洞。这几个洞在陆地上是看不到的，只有坐上我的小船才能到达。"

水路逶迤，艄公把我们带到了第一个洞旁。细看那洞的模样，像极了半个桃子。乌篷船转了进去，我看见一块厚不足尺的石壁中央，凿有一道两米宽的石门，它呈90度悬挂在山崖边，

最薄处仅有 10 厘米厚。石门两侧刻有楹联，右一联是"洞五百尺不见底"，左一联是"桃三千年一开花"，顶上刻"仙桃洞"三字。乌篷船从容穿梭于石门间，把两个洞连了起来。置身于这个奇妙的仙桃洞，我们也有了身临仙境之感。

几分钟后，我们又来到另一个洞。此洞上面很小，下面却越来越大，像一个巨大的喇叭。它的名字就叫喇叭洞。我们在下面扯着喉咙大喊，那声音就像洪波一样，一层层地向外汹涌，又好像山谷的回声，嗡嗡嗡地此起彼伏，我们乐此不疲地嚷嚷着，像孩子般哈哈大笑。艄公说，这声音，在洞内是一种感觉，到对面的万柳桥上，又是另外一种感觉，所以喇叭洞还有另一个名字，叫"空谷回声"。

◎ 欸乃一声山水绿　叶文龙 摄

穿过了一条狭窄的"峡谷"，又绕了几个弯，我们转悠到了陶公洞。陶公洞像一根巨大的烟囱，矗向苍天。它其实就是个一挖到底的竖式石窟，洞壁的凿痕和龙游的如出一辙。我问：此洞有多高？艄公回答说：水上47米，水下还有18米呢。我正在啧啧称奇时，艄公补充说，陶公洞的水不算太深，东湖有的区域，水深达四五十米。

那就是说，千百年前，绍兴的石工登上50米高的山头，用锤子钢钎，一块一块地凿岩取石，直取到平地了还不罢休，而是继续向深处凿了数十米。就是说有的洞窟，上上下下差不多有100米吧。

陶公洞壁上，有郭沫若先生的一首诗："箬簣东湖，凿自人工。壁立千尺，路隘难通。大舟入洞，坐井观空。勿谓湖小，天在其中。"这首诗倒是比较形象地描绘了石洞的样子。

除了陶公洞，东湖里还有仙桃洞和喇叭洞。陶公洞、仙桃洞和喇叭洞，形式大同小异。而我认为，这三个洞都已不能算洞了，因为它们上面通天，下边豁口，它们只是些弧形或半圆形的残柱，明明白白地立在水中，一任乌篷船进进出出。

乌篷船在自由地游弋着，我们观赏了东湖更多的断崖峭壁，它们有的气势磅礴，有的婉约可人，而每一面断壁上，斧凿痕迹和龙游的如出一辙，让我联想到这难道也是徐人传授的技能？

据绍兴史志载，清光绪二十二年（1896年）至二十五年（1899年），会稽人陶浚宣购得地产，

筑堤数百丈，堤外为河，堤内藏湖，并利用采石形成的塘、潭、池、洞，造桥筑路，营屋建亭。后又经几代人挖掘河道，砌筑堤岸，改建围墙，铺设道路，修建桥亭，加固假山塘池……

我眼中的东湖，如诗，如画，如仙境。她是一个建筑精美，布局合理，景观丰富，功能齐全的风景区。

听艄公絮絮叨叨，我终于明白：东湖无洞，而整个绍兴也无洞。绍兴称著的是石柱——采石后留下的石柱。它们有的立在小山上，有的立在平地上，更多的却是立在深水中。有的石柱的顶上和腹内，还相当地"内涵丰富"。

让我们到吼山看看吧！

吼山又名犬亭山，位于绍兴城东 13 千米处，我们从东湖驱车，几分钟就到了。

吼山是当年越王勾践卧薪尝胆之地。《越绝书》云："句践罢吴，畜犬猎南山白鹿，欲得献吴。"因名狗山，后人嫌狗山不好听，遂谐音为"吼山"。此地有云石、棋盘石、水石岩、烟萝洞、云石泉、石寂庵、石泉池等。

我们跨进吼山景区大门，见右侧一组巨大残崖，粗粝的石块，"混搭"成一座不规则的"拱桥"，颇为壮观；又似一头巨大的白象，它驻足在草坪上，而把长长的鼻子伸进旁边的水荡里，当地人叫它"象鼻吸水"。依山傍势的是好大的一个湖荡，荡里游鱼悠闲自得地游弋撒欢，壁上书"观鱼乐"三字。

再往前走了几步，著名的棋盘石就映入我们的眼帘了。

棋盘石矗立在一个四五十米高的山包上。石高 20 多米，四四方方，粗粗壮壮。柱顶托着几块横石，状如棋盘。民间传说道，有南斗和北斗两位神仙曾在此对弈，石柱因而得名。与棋盘石比肩而立的那根石柱叫"云石"，这云石上粗下细，瘦骨嶙峋，上面顶着块圆形巨石，这圆石犹如天外飞来的云朵，生动可爱，因此得名。石柱上"云石"两字，是清代书法家、越人鲍彬用竹竿紧扎棉花，泼墨挥毫而成。

我认为，云石是吼山景区最美的石头了，它凌空兀立，远远望云，颇像一朵秀美的蘑菇。我们沿着曲折的小径，转到云石背后，这时的云石便成了一炬熊熊燃烧的奥运圣火。石柱的根部更显瘦削，仿佛踢它一脚就会轰然倒下。而它旁边的棋盘石则显得矮了一截，上面的几块石头，变作向圣火朝圣的双龟，让人忍俊不禁。

顺着山路蜿蜒前行，见一方旱井，一面已开，三壁尚存，状似东湖的陶公洞，只不过它没有立在水中罢了，洞壁的凿痕却别无二致。再前进几步，忽见一排折叠屏风样的巨壁扑面而来，如"风掣红旗冻不翻"的旗帜，又似列队待征的兵舰，蔚为壮观。巨壁下面是幽幽水荡，壁上有"剩水荡"三字。荡深10余米，荡水清澈，崖上有小小的瀑布飞流而下，激起细细密密的波纹。石壁上爬满了郁郁葱葱的藤萝，像佛典梵文，让人遐想联翩。

下午，我们去了羊山。羊山在绍兴城西北15千米的齐贤镇上。相传隋开皇时，越国公杨素就是在这儿采石建城。及城竣工，留下极大的湖荡，几处孤岩，成了水中盆景。

一只石羊，顶着两个尖尖的犄角，矗立在水荡之中，憨态可掬。水面如镜，倒映出这只石羊，也倒映出旁边的亭榭和垂柳。

石羊的右侧，有一壁采石遗留的孤峰，它像一艘破冰船，泊在2万多平方米的、浩浩荡荡的羊山湖中。此峰高28.5米，雄壮奇诡。唐朝有人别具匠心，在峰中辟一石屋，在石屋中凿成15

米高的弥勒佛像一尊，因此人们又称它为"石佛崖"。

石佛崖一侧，曲径通幽。我们沿着石径拾级而上。进到石屋之内，见石佛端坐莲台，神态慈蔼，气韵生动。他右手举过肩膀，左手抚膝。我踮起脚尖，刚能够着他左手手指尖。

佛像前又凿一石门，门外有空悬的、三平方米大的一个"瞭望台"。倚着危栏眺望，可见水色天光，一碧万顷；低头俯视，下面竟是万丈深潭，不禁腿肚子发颤，口中连念阿弥陀佛。回头再观这石佛，虽经千年沧桑，依旧神采飞扬。佛龛内，有摩崖石刻，因光线昏暗，看不清刻的是什么。

◎象鼻吸水 叶文龙 摄

出了石佛崖，见迎面壁上摩崖石刻鳞次栉比。题词者远至南宋抗金名将韩世忠，近至越地著名学者、书法家周文郁，还有学界泰斗蔡元培等。文笔精妙，字体苍劲，堪称越地摩崖石刻之最。

石佛崖外，建有规模宏大的石佛寺。登阶远眺，只见小山罗列，古松如屏，烟霭迷茫，水波轻摇。真所谓"佛在石中，石在水中，水在山中"；感觉真是尽点化之奇妙，得山水之神韵。

　　第二天一早，我们又赶往柯岩。

　　柯岩景区位于绍兴城西 12 千米的柯山脚下。据载，柯岩原是一座青石山。山多坚石，因长期在此开山取石，形成峭壁、岩洞、水塘。旧时有"东山望春""七岩观鱼""五桥步月"等 8 景，后渐毁，尚存云骨、石佛、七星岩、清水塘、蚕花洞、蝙蝠洞等胜迹。

　　踏进柯岩景区，只觉步步莲花，处处胜景。

　　一壁雍容华贵的巨崖突兀水中，这便是著名的柯山大佛岩。大佛的头面精雕细琢，尽显慈眉善目，下半身却是大笔写意，更显功力遒劲。导游介绍说："柯山大佛高达 10 米。石佛两耳相通，可容人往来。"我想，从石佛的耳朵中穿越，该是多么的妙不可言！可这立在广湖深水中的悬崖峭壁，何人能上得去？于是我想，当年应该是先在高高的山头上凿出个大佛头像，人们才能沿着山坡而上，然后把大佛的耳朵当作隧道跑来跑去；而后来，年复一年的采石，把周围的石头采光了，还一直往下采出这么个广袤的湖泊来，人们就再也无法攀登而上了。

　　别了无法攀登的大佛岩，继续往前，就是柯岩第二石柱、闻名遐迩的柯岩云骨了。在绍兴所有的石柱中，我认为云骨是最完美的，同时也是最奇峭的。

　　传说隋唐年间，有一位了不起的石匠，他在带领众人开山取石的同时，先取岩石的精华部分，精雕细琢出一尊弥勒佛像。然后子孙传承，历经百年，把周围的山石取净，再往下挖出一个湖泊来，仅留下一支弯曲屈奇的石骨，支撑着这尊高高在上的弥勒佛尊。

　　我们站在四五十米开外，去打量"云骨"。它高 30 余米，上

© 云石和棋盘石　叶文龙 摄

◎云骨 叶文龙 摄

面粗壮敦实，下面却瘦骨伶仃，颇像一位彪形大汉在玩金鸡独立。我们转着圈仔细察看云骨底部，发现最薄处不到1米。我惊叹不已，当年的石匠们是怎样运用力学原理，让圆规一样的细脚，擎起如此巨大的岩头？

云骨被誉为"石魂"和"绝胜"，是当之无愧的。还有人送它"削壁耸千尺，危崖锁雾中"的诗句。移步换景，云骨就成了"炉柱晴烟"，它如一支巨大的蜡烛，笔直地插在湖中，顶上的垒石瘦树，似香烟缭绕，袅袅婷婷，更是美不胜收。

继续前往，即见七星岩，七星岩由7个大小不等的岩穴组成，大者如屋，小者若洞。洞口崖壁上镌着行书"仙鹤飞来"四个大字。两侧峭壁千仞，难以登攀。巨崖裂缝处有藤萝攀缘，秀枝逸出，如仙鹤乘风而至。

我走遍了浙江的采石场，没见过哪处的采石工程像绍兴人采得这么彻底，这么贪婪，采得没了山壳没了洞，光剩下些"骨架子"，还有骨架子下面的深湖！

"谁云鬼刻神镂，竟是残山剩水！"明末文学家、旅行家张岱，曾对绍兴如此评说，我认为，这评说太准确了。

绍兴的古纤道

几年前的一次绍兴笔会，我来到了绍兴柯桥。柯桥地处浙江东部的绍虞平原，距离上海180千米。

早在1700多年前，柯桥便以交通便利、物产丰富著称。南来北往的官员、商贾和才子佳人们，都喜欢到这个富庶的鱼米之乡，品尝美味的鳜鱼、麻鸭和河蟹，临走，总要带走些丝绸、莲藕和绍兴老酒。金柯桥的美名越播越远越响亮。这一切，应该与运河密不可分。

我住在金桥大厦18层。凭窗眺望，金柯桥的繁华尽收眼底。

最引我注目的就是脚下纵横相交的两条大动脉：现代化的铁路大桥轰轰烈烈地衔南接北，古老的运河则静悄悄地从桥下穿过。"时空交错，"东道主说。顺着他的手指，我看到的却是一个舞蹈雕塑，一个今人和远古的对话的造型。

这儿的运河叫西兴运河。晋惠帝时期（290—306年），由会稽内史贺循主持开凿——在官一任，造福一方——但愿古今的当权者都能真正地想着百姓，努力为老百姓造福。

西兴运河从会稽城西开始，经柯桥、钱清、萧山，再折北在西兴与钱塘江汇合。从此，水利通达，运输和流通异常方便。

西兴运河岸边原来多混沌泥塘，经历代官民排污掏淤，修整

治理，才成现在的模样。

古纤道则始建于唐元和十年（815 年），由观察使孟简主持建筑，后朝各代均有人出面维修。

纤道西起钱清，东至陶堰，绵延百里。东道主说，最值得一看的却是绍兴县西斜桥至湖塘板桥这一段。这里的纤道呈两种风貌，一种是直直的、近运河水面的石路，有米把宽，一面依岸，一面临水。另一种则筑在宽阔河面的深水中央，又分实体纤道和石墩纤道桥两种。最妙的就是这石墩纤道桥，那其实就是无数个石墩和石板架接起来的极长、极矮的小平桥。侧面望去，一眼眼桥孔豁然，像环环相扣的锁链，所以也称"铁锁桥"。当地人说，"铁锁镇河，波澜不惊"。

远看纤道桥，似玉带，如白金项链，缀佩在运河的胸部，美不胜收。有了专门的纤道，行船的速度快了，纤夫的劳动也相对轻松一些。

"自古名桥出绍兴"，古纤道上又有数十座真正的石桥，供船只出入内外运河之用。如高低石梁和拱桥相结合的多跨太平桥，单孔的荫毓拱桥等，它们千姿百态，雕栏石刻，既有很高的文物价值，又给古纤道平添了许多韵味。

我们漫步在这远古的纤道上，看运河浩渺悠长，听脚踩石板的微响。三块石板两条缝，一组组的石板，由一个个石墩，缀接向遥远的天边。石板下流水盈盈，两旁是荷叶浮萍，细叶儿菱角红艳，水浮莲花儿灿黄，更有乌篷船欸乃，黑毡帽和黑毡帽对酌，嬉戏钓叟莲娃；白居易应当说：江南忆，最忆纤道桥！

我认为，纤道为河流而生。我见过黄河的纤道，那其实就是黄土冲积的河岸，原始粗犷，坎坷沧桑，纤夫们落脚是深深的坑

© 古纤道　蔡菁 摄

窝，抬脚是高扬的黄尘。而绍兴柯桥的纤道虽然也负荷着纤夫的脚板和船舶的重量，但她们却像江南女子一样，体面干净，任劳任怨，河水急也好，缓也好，丰也罢，枯也罢，纤道无怨无悔，忠贞地跟定运河不离不弃。

古运河和古纤道，曾背负过，载重过，灌溉过，排涝过，传递过妻子的期待，寄托着老母的忧思，如今，它们已完成了历史使命，该安心隐退了。

我想，运河和纤道并不失落，该让位时就让位吧；运河和纤道也不寂寞，它们是一部史书，将永远供后人翻阅、研读。

今冬为了采访绍兴的采石遗迹，我又一次去了绍兴。在浩渺的鉴湖中，我发现了另一条纤道。

鉴湖位于绍兴城西南，是长江以南著名的水利工程。俗话说"鉴湖八百里"，可见鉴湖之辽阔浩瀚。鉴湖原名镜湖，相传因黄帝铸镜于此而得名。镜便是鉴，鉴便是镜，其实叫什么都一样。鉴湖的水质纯净甜醇，驰名中外的绍兴黄酒，即用此湖的湖水酿造而成。

东汉永和五年（140年），会稽太守、著名的水利专家马臻，纳山阴、会稽两县36源之水为湖，总面积曾达200多平方千米。唐中叶之后，鉴湖逐渐淤积。北宋时，豪绅在湖上建筑堤堰，营垦田亩，鉴湖面积大大缩小。如今的湖塘、容山湖、屃石湖、白塔洋均为其遗迹，面积不到原来的六分之一。

就是这二十七八平方千米的鉴湖，已经够让人心旷神怡了。湖山笼翠，堤柳飘逸，湖水清碧，堤岸透迤。而最让我们忘情的，却是白玉般的古纤道。

在鉴湖里荡漾，我们放弃了古色古香的画舫，也放弃了乌毡帽和乌篷船，我们选择了白玉般的纤道，漫步前进。

如果说西兴运河纤道是个忍辱负重的村姑，而鉴湖的纤道则是脱凡的仙子。她长袖善舞，衣袂飘飘，她轻盈地在水面上跳跃着，携起了一个个梦幻般的小岛，如一个个美妙音符组成的旋律，洒向天上人间。

还有那缀连纤道的小石桥，有的如长虹卧波，有的如弯弓满月，或单孔圆浑，或三孔起伏。登玉阶，扶雕栏，观湖水势浩渺，授权莲蓬尝新，妙处难与君说。更有百条乌篷船，并驾齐驱，扛起了一段浮桥。

在纤道上，我们遇见了一位捕捞螺蛳的老人。他精神矍铄，腿脚灵活，一打听，八十多岁了。老人告诉我们，他这一辈子，就在这鉴湖里以捞螺蛳为业，鉴湖的清水螺蛳，味美香浓，吃了连仙人都不要做！

我想，是鉴湖的螺蛳滋养了他，是鉴湖的山水滋润了他，是鉴湖的古纤道磨砺了他，他才这么年轻，这么健康！

◎ 古纤道桥　叶文龙 摄

南沙夜宿

南沙，是舟山市朱家尖五大沙滩之冠。

这是一次笔会。那时朱家尖岛还没有开发，一切都是纯自然的。没有宾馆饭店，我们住在部队遗弃的营房里。

作为地主的舟山市作协主席叶宗轼同志当的向导，他带着我们沿着一条双脚踩出来的土路，穿过一片苞米地，翻过一个小山坡，就看到了海和那个叫"南沙"的沙滩了。

南沙很是辽阔，干干净净的纤尘不染，平平展展地一直伸向远方。就我的感觉，比青岛、大连、北戴河的海滩都好得多了。

我们席地而坐，眺望着浩渺无垠的大海。波涛汹涌，声如鸣雷。前赴后继的惊涛席卷过来，扬起一层层雪白的浪花，八月的暑气顿时全消。

老叶眺望着大海，感慨地说：在这里，你会忘掉世俗的一切。

我颇有同感。

"这个海滩，仅仅是朱家尖七个沙滩中的一个。"

他指着远处说："跨过那山冈，那边也有这么个海滩，再跨过一个山冈，又是一个；东沙、西沙、里沙、团沙，共有五个。"

一个沙滩就叫人目不暇接、心旷神怡了，何况有五个！不知

为什么，我把这些海滩想象成巨大的莲瓣，五个莲瓣缀在一起，莫非就是观世音菩萨的莲座了？

我们沿着沙滩下去，下去，最后让赤足淹没在海水里。沙粒很细，沙滩却坚挺，踩上去有踏实感。正在退潮，水尽管下去，沙却顽强地留了下来。老叶说，这叫"铁板沙"。

一辆拖拉机沿着湿漉漉的沙滩驶过，留下了浅浅的却十分清晰的印痕。

我说，这沙滩坚硬得可以开大货车。老叶说，还可以当机场跑道呢。

下午会后，有当地的农民到营房来出租帐篷。帐篷大小不等，有单人、双人、四人、八人的。大家争先恐后，一会儿就把帐篷抢租光了，登记的举着本本嚷嚷道：没有了，租光了，其余的同志等明晚吧。

◎未家尖五大沙滩　叶文清　摄

我和红租到了一顶双人帐篷。红刚结婚，她长得十分娇小，脸色无华且缀满了细密的雀斑，一副需要人保护却没人保护的模样，连她的先生也不知和谁打扑克去了。我的"大姐情结"来了，觉得照顾她义不容辞。再说在海滩夜宿也没什么危险，大小帐篷住得好几十人呢，还怕豺狗什么的把我们给拖了去？

晚饭后，租得到帐篷的人们提着吃的喝的和玩的，浩浩荡荡地向沙滩进发。一位编辑穿着西短裤，吊袜，健壮且潇洒。他一手提着两个大西瓜，一手提着瓜子、话梅、巧克力、葡萄酒、扑克、象棋什么的，一副雄赳赳的骑士模样。

帐篷扎在海滩高处的沙坡上。沙坡是西瓜地，尚未成熟的西瓜半埋在沙里。由于没有潮水的洗刷，这儿的沙显得松软、干燥，一脚一个深深的窝儿，让我们有身临沙漠的感觉。帐篷扎得错落有致，"门"的拉链呈倒T字形，既方便我们进出，又能防止蛇虫侵入。

认准了自己的窝儿之后，我们又下到海边去。天渐渐暗了，晚风乍起，擦着海面嗖嗖地蹿，身上便有了些许寒意——不是凉意而是寒意。黑黝黝的海水中，有神秘的东西在涌动，闪闪烁烁，我们伸脚去踢那些潮湿的沙子，竟踢出一束束鬼火般的磷光来。

不知是凉，还是怕，有人打退堂鼓了。他们嘀咕着还是回部队营房为好，三三两两地走了。我和红追着他们说：别走别走！好不容易捞着个宿营的机会，你们怎么轻易就放弃呢？

也许是人微言轻，也许是越来越黑的苍穹有种可怕的压抑感，我们没能留住他们，反倒有更多的双腿跟随他们溜走了。

我问那雄壮的骑士：你回去吗？他豪气十足地说：男子汉大

丈夫！——就是你们都跑光了，我一个人也要坚守阵地！

我和红都松了口气，心里涌上几分感激，几分暖意。"骑士"还举了举手里的吃食说：让他们统统都走吧，我们还可以多吃点呢。

影影绰绰中，有一个女孩在啜泣，我们循声过去，是我们省的一位作者小姐。不知是因为胆怯，还是因为受了委屈，肩膀一耸一耸地哭得十分伤心。"骑士"就过去安慰她，安慰来安慰去，就陪同她回营房去了，连招呼也不跟我们打一下。

广袤的黑暗中，只留下我和红两个人。一种被遗弃的感觉强烈地裹住了我，我们被朱家尖遗弃了，被整个笔会遗弃了。

我心虚地问红："你也走吗？"我想这个体重不到80斤的小女人肯定是要回到她老公身边去的。如果她也要走，今晚的海滩夜宿可就彻底地完蛋了。

红说：你不走我就不走！

红的回答让我感动不已，我终于有了一个同盟者，终于有了一个不背弃我的人！我差点儿就拥抱她了，我反复地说：我不走，我不走！

我们俩手挽着手，开始返回沙丘。涛声喧哗，天地混沌，远处一盏羸弱的风灯，孤凄地向我们招手。我们朝着帐篷的方向，深一脚浅一脚地走去。

那个出租帐篷的农民坐在一条长凳上，凳子的四条腿差不多全陷到沙子里去了，他的头垂到了裤裆里，沮丧地说，都走了，只剩下你们两个了。原来今晚遭受不幸的不只是我和红。我问："他们付了钱吗？"他叹息着说："没有。"他站了起来，把那只风灯挂在我们的帐篷上。

　　进了帐篷，合上了T字形拉链，我和红分头仰卧，心里充满了悲壮。

　　我问红：你的老公怎么搞的？他知不知道这儿只剩下我们俩了？

　　红无语。

　　夜渐深。滩头涛声依旧，冈上松风呜咽，沙坡上，风赶细沙窸窸窣窣，多么幽静多么美妙又多么悲凉的夜晚啊。

　　涨潮了。大海渐渐地在向我们推进，涛声越来越近越来越清晰，后来，仿佛快追到我们的帐篷下了。

◎ 南沙漫步　叶文清 摄

一阵刺啦啦的拨水声，有什么东西正在上岸。

会不会是水鬼？

也许是海盗？我们半真半假地嘀咕着，多少有点毛骨悚然。

接着就有熟悉的呼唤声，是本省的几位男士。我拍着怦怦乱跳的胸口，口念阿弥陀佛：到底还有人记挂着我们，关心着我们。我和红忙从帐篷里钻了出来，看见几个湿淋淋的背影，原来他们潇洒得很，刚刚夜泳来着。

沙丘上顿时热闹起来，寂寞和凄凉遁得远远的。男士们抽着烟，海阔天空地聊着。月白露重，夜色空蒙，男人们就嚷嚷饿了，问我们有没有吃的。我们就说，都叫"骑士"给带走了。大家便骂了"骑士"一顿，然后打发那个出租帐篷的农民去弄吃的。那个农民在沙里掏呀掏的，居然掏出个大西瓜。然后他离开了我们，一会儿，一大堆还挂着胡须的嫩苞米呈现在我们面前。我们踊跃地去弄柴草，大大小小的脚窝窝把沙地弄得狼藉不堪。

篝火燃起来了，红红的，旺旺的，暖暖的。我们往火里丢苞米棒棒，一会儿，火堆里就冒出熟苞米的香气来。我们争先恐后地从灰烬里掏了出来，倒着两只手乱啃起来，老实说，我们一辈子也没吃过这么美妙的东西。

那个农民变戏法般地从裤袋子里变出一瓶白酒，男同胞们便山呼万岁。他们拧下瓶盖子当酒盅，斟上酒，递过来递过去地干杯。这时候，一条米把长的青蛇也过来凑热闹，对于这个不速之客，我们没有打它，没有叱它，而是敬了它一盅酒，还别出心裁地给它许多祝福，感谢它参加了我们这个特殊的篝火晚会。

那一夜，我们是枕着波涛、听着松涛声进入梦乡的，我们睡得安宁极了。当第二天的红日挣脱了海水的纠缠奋起跳出海面的时候；当灰色的、银色的海鸥互相追逐着发出欢快的鸣叫的时候，我们起来了。我打开了帐篷的拉链，只见昨天被我们双脚踩得乱七八糟的沙丘，已被一夜的海风梳理得熨熨帖帖，并雕琢出如诗如画的图案来。那个精致，那个曼妙，简直是美轮美奂。西瓜和它们的藤秧全被覆盖了，间或冒出个翡翠般的嫩芽尖尖，更给这幅画面增添了生趣。

我们裹足在帐篷门口，踟蹰着不敢举步，因为实在不忍践踏大自然如此神奇的杰作。

◎ 白鹭漫天舞 颜道明 摄

这是一片神奇的湿地

在浙江东南黄金海岸线上，有一个名叫玉环的海岛县（现为县级市）。把玉环所属的海域和大小岛屿加在一起，面积约2300平方千米，而真正的陆地面积却只有378平方千米，相当于俄罗斯文豪列夫·托尔斯泰的私人庄园的面积。

据《太平寰宇记》载，玉环的县名，源自海岛的奇观："晨雾绕岛，形状如环；上有流水，洁白如玉。"多么浪漫，多么富有诗情画意！

可是"洁白如玉"的流水过于纤细和羸弱了。和所有的海岛一样，玉环的淡水资源十分紧张，玉环人常常向邻县买水。从前，我曾看到一条条洁净的舢板，在欸乃的橹声中，满载着清清的淡水而归；现在则简单多了，自来水管一根根地携起手来，别处的淡水就源源不断地奔流而来，但等待放水的玉环水桶却排成了长龙。

玉环人盼望有充足的淡水，一代一代的玉环人，都在做着海水变淡的美梦。

新世纪第一缕曙光冉冉升起的时候，一个伟大的工程启动了，那个工程名叫"围垦蓄淡"。首先，玉环人在西边的漩门湾外，筑起了一道108千米长的拦海堤坝，这堤坝就像一条巨龙，把漩门湾抱在怀里，而涨涨落落的潮汐和台风掀起的恶浪被挡在外面，从此，漩门湾就成了一个内湖，周遭的土地就成了人造的沼泽。

接着，他们从邻近的县市引进淡水，淡化漩门湾的水质和土地。湾内的水位高了，开启坝上的水闸，把咸水放出去。如此轮回，经过几年"换血"，漩门湾的水真的清淡了，土地真的松软

水天辽阔　金立新 摄

了，玉环人生生地造出了一个 6.5 万亩的湿地。

好客的玉环人请我们去湿地观光。湿地的起始地点是玉环的生态农业园。高大的木麻黄像齐整整的卫士，构成了生态农业园的屏障，接着的是阔叶林带、针叶林带，还有美丽的华盛顿棕、椰子树等颇具热带风光的树种。

我曾在不同的季节去过这个地方。春天，我看见夭桃如霞、梨花似雪；夏日，我观赏榴的热烈，赞叹莲花的圣洁。空气中总是弥漫着各色花果的香味，那浓烈，那芳馨，让我屏息敛气。

现在正是丰收的季节，琳琅满目的果树让我们目不暇接：左边是石榴圃，右边是文旦园，红澄澄的橘子像千万盏灯笼，把园子点缀得节日一样，而文旦的累累硕果，已重重地垂到了地上……

◎ 湿地秋色　颜道明 摄

尝罢了香甜的橘子和闻名遐迩的楚门文旦，我们来到了湿地的起始码头。这里的水，像河，似湖，渺渺茫茫，绵延着伸向远方。周遭非常清幽，各色鸟儿的高吟浅唱清晰可闻。辽阔的芦苇无边无际，芦苇黄了，黄得那么纯净，而白白的穗儿，则齐刷刷地指向一边。水面上的浮莲和圆萍还是绿的，挤挤簇簇，不离不弃。天空特别高远，湛蓝的天幕上，白云生动地移动着。往下看，却见云彩在水里幸福地游弋。空气纯净得让人打颤，我深深地吸了一口气，顿觉浑身通泰，神清气爽。干干净净的码头上，一条漂亮的游艇正整装待发。它将载着我们到达漩门湖的彼岸。陪同我们的玉环县委宣传部的一位同志说，别小看这人造湖，一个来回，我们得走两个半小时。我们登上

◎鹤舞 颜道明 摄

游艇，坐在舒适的位置上，倚窗凝眸。马达启动了，船头像一只犁，把碧水劈开，人字形的波涛哗哗地流向两边。有时候，水面上会出现美丽的漩涡，似梦似幻。远远近近，有许多养殖网箱，它们一排排一行行，像写在湖面的乐谱。间或有几个作业的渔民，在茫茫的湖面上，仿佛一些神秘的符号。

我们纷纷奔上小艇的顶台，凭栏远眺。滩涂、湿地、小岛，还有那远处影影绰绰的玉环城，和山林交相辉映。主人告诉我们：漩门二期围垦区总面积5.6万亩，其中蓄淡水域2.4万亩，相当于杭州西湖三倍的面积！

一条大鱼泼剌地跳出了水面，鳞光闪闪。主人说，这湖里，淡水生物和海洋生物混杂生长，鲫鱼、白鲢、鲈鱼，还有那金色的、尾巴开叉的凤尾鱼，种类非常丰富；沼泽地上，弹涂鱼以一种特殊的方式蹦蹦跳跳；沙蟹横行着，举着一对柄眼机灵地观望，见有人来，迅疾地闪进洞里。

忽然有人喊：野鸭！野鸭！我忙抬头，只见一群野鸭排成队，低低地从眼前掠过；还有几只白鹭，展开雪白的双翅，优雅地蹁跹翻飞。主人还说，该区域自然物种资源相当丰富，已记录各种鸟类72种、其他动物115种、植物244种。这里的野生动物有4纲16目29种，其中不乏鸢、苍鹰等国家二级保护动物；这里还是全国最大的野生黑嘴鸥栖息地之一。我想是啊，大面积的芦苇沼泽和广阔水系，是水禽们的乐园，也是其他动物们生存繁衍的天堂！

小艇快近终点，雄伟的大坝横在眼前。为防游艇搁浅，马达停了，小艇凭着惯性轻轻地前移。几只水鸟猛地惊起，扑棱棱地冲向天空。那情那景，恰似欧阳修《采桑子》里的句子："无风水面琉璃滑，不觉船移，微动涟漪，惊起沙禽掠岸飞。"有人则吟起了李清照的《如梦令》："争渡，争渡，惊起一滩鸥鹭"……

我们踏上终点的码头。看着脚下的石路，看着埠旁清清的水流，我虔诚地俯下了身子，想尝一尝这水到底有多咸多淡。我捧起一掬水，送进了嘴里，仔细地品了品，淡的，完全淡的，没有一丁点儿的咸和涩，且味道还不错！我的心不由得一阵狂喜，玉环人成功了！他们的蓄淡工程实实在在地成功了！

一行人次第登上了拦海大坝。这是一道神奇的大坝，宽阔，坚固，仿佛是万里长城的一段。外面是滔滔的乐清湾，海水又苦又涩；而里面则是打造出来的漩门湖，湖水清冽甘甜。我站在大坝上，任西北风吹拂着我的头发，我心潮起伏，思绪澎湃。我对着西面的乐清城市建筑，对着高高矗立的雁荡山脉，我甚至想对着全世界呐喊：你们看见了吗？看见勇敢勤劳的玉环人吗？看见这神奇的人造湿地和人造湖了吗？千秋功罪，自有后人评说。玉环人打造了这么个生态环境，功德无量啊！

现在，这个湿地集观光、娱乐、休闲、度假和文化教育为一体，吸引着远远近近的游客。"蓬莱清浅在人间，海上千春住玉环。"漩门湾不是海市蜃楼，而是实实在在的人间仙境！

◎鹭背夕阳红　岳国明　摄

© 大陈天然海滨浴场　金立新 摄

雨勘乌沙头

　　乌沙头是上大陈岛东边的一个黑色沙滩。

　　大陈岛位于椒江东南 52 千米的洋面上，分上、下二岛。上大陈岛面积 7 平方千米，并无居民；下大陈岛面积 4.89 平方千米，却是繁华的镇政府所在地。岛上林木茂盛，气候温润，更兼白浪怪礁，鱼肥虾美，最是旅游、避暑的好去处。

　　大陈岛被誉为海上明珠，已列入省级海上森林公园。

　　这是椒江市文联的一次笔会。年纪大的、体力弱的都留在下

大陈旅馆里，我们这一行坐船到上大陈岛，要去踏勘人迹罕至却颇有特色的海湾——乌沙头。

天公不作美，前一天夜里，就淅淅沥沥地下起雨了，到了这天的上午，雨一点也没有打住的意思。于是我擎着花伞，曳着长裙，跟着一帮精力过剩的少男少女，在雨中行军。

向东，向东，继续向东——这是登上了上大陈码头以后的走法。

我们沿着山脚迤逦前进。当山间那淘气的小径把沙石和草茎塞满我的凉鞋时，我才后悔临出门时没换一双胶底布鞋。

接下去就是爬山，没有路，只有一条稍能辨认的、脚踩出来的痕迹，我们迂回曲折而上。没膝的杂草，头上的树叶，一切都在雨中绿得耀眼，绿得膨胀。应该说，我们的马大哈向导带错了路，走着走着，连那点点痕迹也消失了，我们必须花点力气拨开横贯在胸前的马尾松枝，小心翼翼地提起挡着腿脚的荆条，更要提防着脚下杂草掩盖着的深沟险壑，一步一探，磕磕碰碰地往上走去。任凭雨水饱和了衣服和裙子。湿淋淋的嬉笑声、喊叫声，在山谷里回荡。

终于到达了山顶。一看表，足足走了40分钟。山那边是一个完全不同的天地。极目望去，东海无际无涯，碧波万顷；俯身一看，断崖是刀砍斧削般的陡峭，天崩地裂成的诡险，且赤裸裸光秃秃的寸草不生，让你无处下手也无处落脚。惊涛怒气冲冲地

扑上来，又在狼牙犬齿般的礁石上碰得粉身碎骨。

这可怎么走？——在我踌躇畏葸的时候，少男少女们，或敏捷如山羊，或机灵如猿猴，用各种漂亮和不漂亮的姿态，努力向下移位。我既然上得山来，也必须卜得山去，岂能独自一人留在山巅？于是硬起头皮做勇敢状，笨拙地向下探索。于是我惊喜地

◎乌沙头　叶文清　摄

发现：只要你伸出脚去，自然就有你落脚的地方。一丁丁，一点
点，丁丁点点就可以把你的身体支撑住。鞋钉会很阴险地滑我一
下，这时候就有年轻有力的手伸将过来，或拉我一下，或托我一
把，让我心中升起一股暖暖的安全感。

　　啊，乌沙头，我们终于脚踏实地站在了乌沙头。乌黑乌黑的

卵石，乌黑乌黑的沙滩，在几道雪白雪白的浪花的衬托下，一望无际地向前延伸，延伸，终处的山角，是一组让人莫名其妙又感到妙在其中的岩石群，让你浮想联翩。

水极清极净，没有一丝一缕的污染；四周极静谧，除了浪涛那来自地心的宏伟有力的节奏，再也没有半点噪声。

踢蹬掉鞋子，我们赤脚走在这乌黑的沙滩上。脚趾缝里，便冒上一嘟噜一嘟噜的黑沙子，糯糯的，油油的，像刚刚磨下来的黑芝麻酱；一块块的卵石，不管它大如磨盘，也不管它小如鸽蛋，都记录着沧海桑田，天上人间。雨下得缥缈而固执，大海越发显得梦幻迷离。偶尔有一条渔船在风波里出没，一副忙碌辛劳的样子。几只海鸟很雅致地转侧着它们的身子，在我们头上翱翔。勇敢的男孩们已经脱了衣服，扑通扑通地跳入水中，他们挥动着健壮的双臂，游向大海深处。

我流连徘徊在这个世外桃源，一首《长相思》吟咏而成：

> 乌沙头，乌沙头，
> 浪卷乌沙滩似釉，
> 神工乌石丘。
>
> 碧水稠，碧水流，
> 远隔尘嚣不染愁，
> 忘归数海鸥。

瓯江放排

瓯江的排有木排和竹排。

800 里瓯江，落差却有 1080 米。在省作协举办的漂流活动中，我在云和段与瓯江支流楠溪江各坐过一次竹排。

那是种把十来根毛竹锯去头尾、平排铆得牢牢的竹排。为防止下滩时一头扎进水里，毛竹的大头让火烤得向上翘起。排上钉着几把让游客安坐的竹椅，甚至还有躺椅。出游的日子总挑风平浪静的，还强迫我们穿上橘红色的救生衣；安全是安全到家了，却没了那种浪遏飞舟的惊险，也没了"与天奋斗其乐无穷"的刺激，让人有那么点点遗憾。

我曾见过一帧题为《瓯江放排》的摄影作品：青山如黛，江水如练，长长的、首尾相接的竹排，像一条鲜活的游龙，顺着山势活泼泼而下。很艺术，很美，很有诗意。

而真正的放排却是艰险的营生，我爷爷就曾经是个放排工。

那时候爷爷因争山惨败，被他原籍的乡民扫地出门。随他一同流亡的唯有一对小箩筐，箩筐的一头是锅碗瓢盆，另一头就是我那未曾满月的父亲。爷爷流浪到柳市象峰山脚的泮垟村，借了间旧房子暂住下来。因生计无着，他便拿生命做赌注，为泮垟的树老板当放排伙计。

　　这次在楠溪江的一漂，我们优哉游哉地坐在竹筏上，高唱"小小竹排江中游，巍巍青山两岸走"。蝴蝶围着竹筏翩翩起舞，蜻蜓还时不时地光临我们光光的脚指头上，一派安宁幸福。

　　而真正的放排除了艰险，还得掌握绝技，没有几年的苦功夫绝对不行。所谓"排"，顾名思义，就是齐整排列，这和"捆"完全是两码事。放排得先会扎排，将新鲜毛竹劈成篾丝，绞成粗粗的篾缆，这篾缆坚韧无比，用它扎排应该是没有问题的。用过的篾缆丢弃在野地里风吹雨打十年八载之后，你想弄断它，还得用利斧猛砍才成。

　　排要扎得异常牢固。挑那大小、长短相近的木头七八根，大头朝前小头朝后，用篾缆很科学很技巧地紧紧地绞缠成横排，然后将一组组横排首尾相接成一条长龙。看树的多少和撑排工的本事大小，可将排龙挂得一般般或很长很长。放排途中，几个放排工手拿撑篙分别站在排头，密切注意排与排之间的和谐、顺遂和流畅；一不小心，或排头扎进了石崖，或排腰卡在拐角，或排尾挂住了溪中的树枝，就形成挤压、拉扯和顶撞，如若弄得篾缆松弛，可能就导致一个排组松散，一组松散，殃及整条排龙；漂流的木头满江乱窜，那不光是自己倒霉，还要殃及许多无辜了。

最担心的是天气变化。瓯江长达数百里，爷爷他们一个来回要走十多天，你不能保证每天都风平浪静。最常见的是大雨倾盆，山洪暴发，温驯的瓯江忽然变成一头狂暴的野兽，孤独无援的排龙前不能进，后无处退，被滔天的浊浪挟持着横冲直撞，只几个回合，排龙就颠断了脊梁打散了架，眼看着辛辛苦苦运下来的木头一根根被水冲走，爷爷欲哭无泪。有一次，爷爷的一个"排友"被一个恶浪打下水去，刚挣扎着浮出水面，却被随波逐流的一根木头撞中了脑袋，鲜血和着汹涛，把那人裹挟走了。

后来，爷爷自立门户了做起了贩树生意，给他的子孙后代挣下了一幢"大三间"房子。可好景不长，在一次扎排中，爷爷被一根漂木击中胸部，回家吐了几个月的血，扔下我6岁的父亲走了。

我的家乡多宏宅华屋，这里面，不知有多少我爷爷他们放排工的血和汗。

© 瓯江放排　吴品禾 摄

登雁荡铁城嶂

　　净名谷和三折瀑毗邻。这儿又称雁荡山森林公园。其实，雁荡山处处古木参天，绿茵遍地，鸟语花香，雉飞兔奔；更有潺潺流水，镜泊月潭。奇崖诡石，幽谷洞天更是比比皆是。所以我认为整个雁荡就是一个庞大神秘的森林公园。

　　然而，净名谷似乎更幽深、更静谧了点。从"老猴披衣"处切入，顺着峡谷上行，可见月洞古桥，玲珑小湖，大佛寺，九曲尾，水帘洞，直至一支香，鸡笼峡，最后就是三折瀑的第一瀑——上折瀑。

　　净名谷高深而狭窄，分明是一座大山叫造化无端地劈成两半，裂痕犹历历在目。举头仰望，但见天空只剩月牙形的瘦瘦一弯，脚下却曲折叮咚着一脉小溪。两面断崖对峙，南边的像城墙矗立，曰"铁城嶂"；北边的如丝麻横牵，曰"游丝嶂"。两嶂绝然壁立，导游说它们的海拔是 250 米。

　　我们顺着干净无泥的峡底小路信步上溯，左边坡上冒出了一群小木屋，造型古朴拙趣，上下错落有致。这些由松树架起的小屋，独门独院，自成体系。小屋可供旅居，亦适消闲；饮食、卫生设施一应俱全。附近还配套了舞榭歌台、梦幻迷宫、狩猎场和世界古币展厅等。导游黄小姐说，这是当地一个农民的创举。能够投资一千万元来开发净名幽谷，你不能不佩服温州人的战略眼光。

遥望铁城嶂，酷似奔驰的巨象，又像万里长城。它高耸危立，雄伟壮观。不知是谁在崖壁上凿出一个个洞来，洞里插上棍子，棍上挑着块块梯板。这是我一生中见过的最陡险的梯子了，它像云母片缀成的项链，佩戴在危崖的胸部，又飘荡着从半空中坠了下来。很美，很惊心动魄。

我说，我们登梯去。同行的一位先生说，你们女士先上，掉下来我在下边给接着。

待到了崖下，始看清这梯子垂直得几乎没有坡度。旁边竖了块牌子，上书：为了安全，请游客们不要登梯。理智上我感激主人的提醒和关照，感情上又有点难以舍弃。心想，不让我们上，那你们造这梯子做什么？你们能造成梯子，我们反而连上都不能上？——一种挑战的情绪在我胸中萌动，于是我说：上！

那梯子每一级的高度足有半米，且中间空空没有任何联系。我们那位先生只上了十来级就退下来了，他没了刚才的万丈豪情，谦虚地说自己有"恐高症"。没有"恐高症"的我们不动声色地继续攀登。那一天我穿的是拖到脚背的长裙，半高跟皮鞋，每迈一步，鞋子都踩在自己的裙裾上，自觉危险得很。于是我将裙摆在一边打了个结，这样裙子是收上去了，可双腿却被捆住了，根本跨不上那半米高的梯级。回头一看，朋友们已没了踪影，随行的只有导游小姐一人。黄小姐也感到了登梯的艰险，她脱了她的登山鞋，一扬手，鞋子顿时像一对崖燕直扑谷底。又嫌挎包累赘，就将它搁在梯级上，说反正前不见古人后不见来者，也不怕别人给偷了去。我也把提包撂下，待要"飞"鞋子，黄小

○ 铁城嶂　叶金涛 摄

姐说，你这鞋子飞不得，若磕掉了后跟，看你回去穿什么！

我将皮鞋留在梯级上，把裙子向上对折，翻上来的下摆在腰间绾了个结，这样行动就方便多了。一阵努力，我们登上了一个小小的方台。居高临下，净名谷尽收眼底，却不见了我们的同行。我们对着峡底喊：喂——你们在哪儿？待听到回音，却发现他们已变作小小的蘑菇，撒落在万绿丛中。

我问黄小姐还有多远，黄小姐说她也没来过。于是我们做壁虎状，贴着陡壁继续爬行。又登上一个小小的高台，回首平视对面的游丝嶂，一条条一束束的，恰似晾晒的麻丝，丝丝缕缕牵向遥远的地方。

山崖有一个皱褶，转了个弯，我们就转进皱褶里去了。梯子

◎ 铁城嶂　叶金涛 摄

更陡了，而且可怖地向一边歪斜了过去。扭头眺望，越发地觉得心虚气短，正所谓"险处不胜看"；遂不敢半点松懈分心，灵魂和力气全用上去了。小心翼翼，手足并用，一步步地向上引身。

总算到了终点。这里有一个不大的壁龛，搭着些还待工作的竹架子。据说要在这儿建一个茶座。我有点粲然，这个茶座，追求的是勇气，刺激，抑或是探索和攀登？

下来仿佛比上去更难，更加险象环生。因为太陡，站在上一级梯上，基本上看不见下一级梯面。我们只得拿脚去探索。稍有不慎，或脚下打滑，后果不堪设想。我们手足协力，仔细地留心每一步。回到了半途，我把休闲在一旁的提包挂在脖子上，导游小姐坚持替我拿鞋子，一步一挨，终于挨到了谷底，竟有了坐在出了故障的飞机里，终于排除故障平安着陆的感受。

也许是紧张，也许是兴奋，上下铁城嶂时我们竟没有一点累的感觉，可回到平地，人一下子就虚脱了，我和黄小姐都嚷着膝盖以上疼痛，脚下虚虚得迈不开步。到了晚上，胸肌、腹肌、肱二头肌、肱三头肌，疼得不能动弹了。最厉害的要数股四头肌，站着坐不下，坐下站不起。上下楼梯不能直来直往，只得侧过身子做螃蟹横行了。

第二天，更是疼得变本加厉，浑身上下简直没有一块不疼的地方。

我们已经很久没有享受过这么酣畅淋漓的疼痛了。

看来，人是很容易变得娇气的。

◎ 国清寺隋梅　王盛 摄

天台三题

隋　梅

浙江天台山有个著名的古寺，叫国清古刹。

隋梅和国清古刹同在。

隋梅由天台宗五世祖章安大师亲手栽植。开皇十八年（598
年），是隋文帝杨坚的太平盛世，政通人和，百废俱兴，遂敕造天台国清寺，栽下这棵梅树。可6年之后，太子杨广亲手制造了一场腥风血雨，他弑父杀君，篡夺皇位，成了历史上臭名昭著的隋炀帝。

年幼的隋梅，应该是耳闻目睹了炀帝的荒淫无耻，凶残暴戾。

随着时间的推移，隋梅经历了整个盛唐、大宋、元、明、清王朝和中华民国。虽然生长在国清寺内的佛门净地，可世事无常，国运维艰，隋梅似乎样样明白，事事关心。

如今，他老了，对人世间的一切都厌倦了。风霜雪雨凋零了他的枝叶，白蚁蠹虫掏空了他的躯干，他一年比一年委顿、枯败、老朽了，他准备就此圆寂了。

然而，他毕竟是1400岁的老者，1400年来，他汲取了日月精华、天地正气，他已经成了神、成了仙，有了品格、有了灵性。

国内国外远远近近的人们，络绎不绝地来拜谒他。

80年代的第一个春天，我首次来到他的身边。我面对的是一片垂死的苍凉。隋梅的木质腐败成尘粉，残留的树干狼牙戟立，让我深切地感受到岁月的无情，老死的悲壮。

蓦地，我的双眼一亮：朽木一截的老桩上，竟生发出一根纤细的新枝，寥寥几片小叶，怯怯地绿着。是得力于春风的抚慰，还是得力于春雨的滋润？我的心便有了些许欣喜，又有了些许担忧：这么点点单薄的春意，能不能抵挡老死的自然规律？

这以后，我又先后两次来到国清古刹，先后两次去叩拜隋梅。我惊讶地发现，隋梅老朽的主干上，竟生长攀缘起一根根藤状的气根，他们紧紧地拥抱在一起，努力把根扎进泥土，努力获取新的生命。隋梅的半边树冠都绿了，绿得生机蓬勃，欣欣向荣。

今年 5 月 13 日，我们杜鹃笔会的全体成员一齐去拜访他。一进那圆洞门，我们就被那扑面而来的生命力量震慑了：那亭亭华盖，郁郁葱葱；青青梅子，缀满枝头。苏轼诗曰："凭仗幽人收艾纳，国香和雨入青苔。"可惜我们来晚了一步，没能看到繁花似雪，没有感受到那浮动的暗香……

然而沧桑深深地镌刻在隋梅身上。那变形扭曲的树干，没有青春的光泽，没有健壮的圆浑，提醒着人们记住千年磨难，百年耻辱。

人们更加感谢那些藤状气根，他们缝补树身的疮痍，愈合昔日的裂痕，他们像一串串肉瘤，竭尽全力吸收、输送着养分，造就了隋梅如此辉煌的二次生命！

隋梅是一部史书。

醉花荫

感谢天台的朋友，他们早早就上华顶侦察好了，于是电话频催，说今年是杜鹃花大年，请我们一定去看看。

本打算 5 月 15 日正经的杜鹃节去的，可 12 号下了一夜的大雨，听外面风声雨声，我心怅然，怕华顶的杜鹃抵挡不住这场劫难，又担心这样的天气不好出门。

然而应了苏东坡的诗句：东风知我欲山行，吹断檐间积雨声。登山这天，竟是难得的一个好天气：正是"岭上晴云披絮帽，树头初日挂铜钲"的景象。儿子一上山就乐了，嚷嚷那蓝天，那白云，只有在西藏的雪山上才能看到，而我却想起了四川九寨沟那明净的天空。

华顶是天台山的最高峰，海拔 1100 多米，那杜鹃花自然和别处不同。她们并不是那种矮小的、趴在地上的灌木丛，而是伟岸挺拔的大乔木，树冠如榕树般展开，真所谓亭亭华盖，既可遮阳，又能挡雨；那花也不是那种单薄的映山红，而是重重叠叠的复瓣，大如绣球，艳如牡丹芍药。颜色则有浅红的，深红的，还有月白色的；一团团，一簇簇，姹紫嫣红的杜鹃顺着山势竞相绽放，远远望去，如缎，如锦，似云，似霞。所以她的芳名就叫"云锦杜鹃"；那种昂首开放、浩浩荡荡的景象，让人叹为观止。

虽然经过风雨的洗礼，今年的华顶杜鹃却还是开得有声有势，排场壮观；那色彩依然红艳，依然云蒸霞蔚。于是我想：这云锦杜鹃果然名不虚传，在美丽的同时，还有着天台人的坚强和勇敢。让我平添了几分敬意。

山间小路净无泥。踩在这样的路上，让人有脱光鞋袜、要和

◎ 华顶映山红　胡明刚 摄

◎ 天台山烟雨　金立新 摄

大地亲密接触的冲动。

我们沿那石阶拾级而上，在杜鹃林中穿梭游弋，争着和杜鹃合影。耳边缭绕着游人的南腔北调，到处是欢快的笑声歌声。华顶杜鹃正以她的独特魅力，召唤着八方游客。

香味，一种浓郁的、高雅香味，如百合，像含笑，在树丛间飘浮，沁人心脾，醒人头脑，它们都很艳丽，可不芳香；就是这华顶杜鹃也不是头回照面，可以前怎么就没有发现如此美妙的香馨啊。都说是香花不艳，艳花不香，这也是造物的公平；可上天为什么独独钟爱华顶的杜鹃，既赐予她艳丽灿烂，又赐予她袭人的芳馥？是天台精神感动了花神，还是善解人意的杜鹃给天台人的回报？芳香是能把人熏醉的。不是我自作多情，杜鹃花的确是醉人的，还醉倒过千千万万条鱼儿。云南有个碧塔海（他们那儿把天然的池水、潭水叫作海子），杜鹃盛开季节，花瓣飘落在水面上，鱼儿们都醉昏了，白花花地翻了一池子。别以为它们死了，把它们捞出来放进清水里，一会儿就清醒过来活蹦乱跳了。

我没有吃过"杜鹃醉鱼"，那滋味想必妙不可言，人吃了这醉鱼，是飘飘欲仙，还是也会和鱼儿一样被"麻翻"呢？走了

◎ 华顶杜鹃花　范旭初 摄

一上午，都有点累了。"日高人渴漫思茶"，就想起"牛衣古柳卖黄瓜"的诗句来。可是这里没有牛衣，也没有黄瓜，只有矿泉水和茶叶蛋。正想着"敲门试问野人家"，抬眼却看到一个"山里人饭店"的招牌，不觉会心一笑。山里人饭店和别处的饭店就是不一样，"绿树村边合，青山郭外斜"是不用说的了，更有诗意的是几张小圆桌，竟是摆在盛开的杜鹃花下面的。我们不禁心花怒放，心想中午在这儿就餐也算是有福的了。我不知道有多少人能有在花下进餐的福气，反正我是第一次。头上是青青华盖，身旁是翩翩蜂蝶，更有簌簌衣襟落花，暗香盈袖，真可谓美轮美奂，于是就有了"杜鹃花下死，做鬼也风流"的感觉。端上来的全是山里土菜，豆角、苦菜、鞭笋、萝卜、土豆，还有溪鱼、野猪肉和刚刚还在闲庭信步的家养鸡——真正的绿色食品。烧法也淳朴家常，连味精和糖也几乎不用，一点也不用担心什么色素、添加剂有害身体健康。老板娘是个和蔼的山村妇女，更妙的是，她膝下的四个女儿，一个个都像盛开的杜鹃花似的，鲜活、红润、可人、漂亮。

喝酒，品菜，欣赏着杜鹃花瓣一片一片飘落餐桌，飘进碗里，我渐渐就有了些许醉意。到底是酒不醉人人自醉，还是杜鹃熏得游人醉呢？我不得而知。

走过石梁

又一次见到石梁飞瀑。

没有大龙湫的长，没有黄果树的宽，更没有尼亚加拉瀑布的宏伟壮观。石梁飞瀑是以它的奇、它的巧、它的美丽险峻而诱惑

游人的。

导游小姐说：石梁是两条搭在一起的舌头。

此话不错。我已经三次目睹石梁风采。它两头宽，中间窄，正中有接痕，颇像两条相向伸出的舌头，亲密地吻在一起。

一个朴实的山民，用地道的天台话忠告我们："走过石梁，不算好汉。"有人问为什么。他说："走过了，算哪门子英雄，摔死了，也白白死了。"又说，几天前刚刚摔死了一个人。

石梁到底摔死过多少人？我不知道，只知道我一个工友的女儿，站在石梁上给同学拍照，一个跟斗翻下去，一命呜呼了。当时她正在上大一，属于那种花季少女。

一路聊着就来到中方广寺。我们发现，从中方广寺通往石梁的门给锁死了，也就是说，一贯大度的石梁给我们吃了闭门羹。四处找人开门，方丈和尚们都不知道躲到哪儿去了。想必是佛门慈悲，锁住了寺门，则锁住了冒险之心，也算是劝人"苦海无边，回头是岸"吧！我们只得站在中方广寺的西廊，居高临下，遥望石梁。

那水也不知从哪儿来的，绕过一壁壁的悬崖，喧哗着，欢呼着跌宕下来，溅起一层层雪白的浪花，然后汇集成强劲的激流，从拱桥般的石梁下奋力穿过，飞泻而下……

然而，站在远处看石梁，又隔着婆娑树影，正所谓雾里看花，隔靴搔痒，很不过瘾。

我想起我第一次来到石梁。那也是一次笔会，我生平第一次参加的笔会。

那时候我还年轻，身体健康，手脚敏捷。登山时，我一直走在前面。到了中方广寺，顺着寺西边那条陡窄的石级，一鼓作气

◎ 石梁飞瀑　胡明刚 摄

来到石梁旁边。

抬眼望去，那石梁长不过七米，狭处尚比平衡木宽，梁上有些许青苔，不干不湿，不足以让人滑倒；梁下流水汹涌澎湃，但不至于漫过石梁卷了人去。

一种冒险的想法刺激了我。我端正了身子，伸出平衡的双臂，三脚两步就走了过去。

身后一片惊呼。我回过头来，看见了一张张吓得煞白的脸。带队的压低声音对我的文友们说："别嚷！别嚷！越嚷嚷越吓着她了！"于是同行们一个个噤若寒蝉。

一股温馨悄悄上了我的心头。在我并不怎么在乎自己性命的时候，竟有那么多的人在乎我，我被深深地感动了。带着一颗温暖的心，我重新端正了身子，展开了双臂，从石梁上走了回来。

迎接我的是一片嗔怪和批评，但是我觉得甜蜜。我在甜蜜中随着队伍逶迤下山。从山下往上望去，石梁犹如一道彩虹，横跨在半空中，而那飞瀑则似一条怒龙，张牙舞爪地飞腾而下……

我倒吸了一口气，也许是山谷的氤氲，这口气吸出了冰凉和阴森。

冒险，无谓的冒险是傻瓜。我庆幸自己的顿悟。从那以后，虽然几次来到石梁，但是再不"横渡"了。

忽又悟到，当初我走石梁的心态，很像现今某些人干某些事时的心态，总以为成竹在胸，总以为万无一失，可往往事与愿违，偏偏就遇上了那个"万一"，一个跟斗栽了，一失足成千古恨。

世外桃源布袋山

上　山

　　乍一听"布袋山"这个名字，觉得有点土，没什么美感。可进了山，才领悟了其中的奥妙，体味到真正的大美。

　　布袋山位于浙江省黄岩城西 40 千米处的崇山峻岭中，海拔550 米。山中林木繁茂，芳草萋萋，水源尤其丰沛，源远流长的

溪水铿锵而来，最后注入浙江省第三大水库——长潭水库，滋养着550万台州人。

相传五代后梁时期，宁波奉化一位名叫契此的和尚云游到这里。这个袒胸露腹、笑容烂漫、总是拎着布袋的胖大和尚，被这里的山水震撼。于是就脚穿芒鞋，手执竹杖，沿着山涧逆流而上。他渡水复渡水，看花复看花，走过了十里长坑、十里洋坑、十里毛坪岗，终于来到一个比较平坦的山谷。只见这里溪流淙淙，竹海浩浩，莺啼燕舞，繁花似锦。于是放下布袋，率人搭建茅棚，筑造寺庙。民间传说弥勒佛即是布袋和尚的化身，所以此山就叫布袋山，此村便叫布袋坑村，而抱着村庄的山谷即叫弥勒谷。

布袋坑人种粮栽菜，砍柴挖笋，繁衍子孙。出于对契此和尚的敬仰，人们看山中的许多石崖都像布袋和尚，或坐、或卧、或面壁、或侧身倾听，形形色色，不一而足。

我们的车子在下午4时到达山口。布袋坑人老黄早已候在那儿了。

我站在停车场上向里看去，但见溪面宽阔，水流澎湃，却被中间的小岛一分为二。小岛极小，但峰峦起伏，绿树葳蕤，与雪白的浪花相映成趣，给我们强烈的视觉冲击。

望着高耸的苍山，我对老黄说：我最怕登高，平日走自家的楼梯都气喘吁吁，这山我是攀登不了，你得先开车送我上山，然后我沿山涧徒步下来。

老黄在我的背上猛击一掌，很有鼓动性地说：从山脚到桃源人家，相对高度才230米。你能上去的！——逆流而上的感觉更好！

我说，那么我试试，不行了你开车来接我。

沿着山涧的小路，我们开始登山。正是万木吐翠的季节，布袋山是那样的绿：绿树掩映中，似有一头雄狮藏匿着，风吹树摇，那雄狮似乎在伺机待扑。老黄说，这就是第一个景点"雄狮护谷"了。

话音刚落，就见一袭银瀑从一堆裸石中喷涌而出，水随石形而变，歪歪扭扭，跌落在下面小小的水潭中，哗然有声；水流继而又兵分几路，从下面的石缝中蜿蜒而出。我们再往上几个台阶，转个小弯，又见一粗壮瀑布，轰轰然似雷鸣一般。

前面就是"双龙戏瀑"。两条飞瀑横空出世，右边的那条纤细，左边的却雄壮多了，它们像一对刚闹了别扭的年轻情侣，吵吵嚷嚷、分道扬镳下来，经过一块巨石的两侧，似乎又要和好了，于是逐渐靠拢，上下瀑水刚好形成了一个菱形，到下面，这双龙则紧紧交缠在一起，恩恩爱爱地隐入潭中去了。

继续向前走，我们却发现路被一块巨石堵得死死的。逼近细看，这巨石却有缝隙，缝隙太小，看来我是通不过的。老黄说，这叫瘦身石，能减肥。于是带着我们，收腹，屏气，左一个侧身，右一个侧身，三侧两转，居然从缝隙里穿了过去。

前面就到叠翠瀑了。"叠翠瀑"是布袋山最美丽的飞瀑之一，它藏在厚厚的珍稀树种中间，绿荫深深，花香袭人。而瀑水则像黄河之水天上来，曲曲弯弯，一路喧哗，然后憋足了劲儿穿过一个对峙的山嘴儿，突然恣意汪洋，一泻千里，淹没了潭旁的花花草草，淹没了供游人稍憩的座椅，甚至淹没了筑得高高的叠翠亭的基座。站在精致的叠翠亭里，我们享受着雨雾弥漫烟雾氤氲，顿感浑身通泰，炎热尽消。

再往上，又见两处瀑布，一处是横向腾挪的卧龙瀑，一处

是一大一小的父子瀑，其实布袋山这样的飞瀑太多了，真的数不胜数。

再上行数步，就是"牯牛秋月"。这个水潭大且深，周围是浅浅的黄沙，卵石历历可数，越往中间，水色变蓝，变黛。潭中有巨石垒叠，有两块似牯牛角，难解难分；旁边一"牛"最为神似，仿佛劳累了一天，微闭着它的双眼皮儿，静静地浮卧在水中休息，任别的伙伴斗得你死我活，它自岿然不动。老黄说，晴好之夜，月光落在这潭中，随波荡漾，和那些牯牛相映成趣。再往上的路有点陡，古老的石级上，苔痕点点，陡峭的、突兀的崖石上，有悬出的栈道，看起来美而险，我们走在上面，心身都悬在半空。沿途又是三四个飞瀑和碧潭，形态各异。一截浅浅的溪水中，似有白龟在徐徐爬行。台州人"龟""驹"同音，我们就笑说是"白龟过隙"，只是此龟非那驹，速度也太慢了。

接下来的路非常陡狭，因两侧有牢固的扶手，我们尽管大胆上去。路过三四个长长短短的瀑布，前面就是"壶中乾坤"。壶中乾坤也有两道飞瀑，右粗左细，翻滚腾挪矫健异常。一道索桥横悬在上面。我们从索桥上走着，颤颤悠悠；居高临下，看碧绿的水潭似一把玉壶，静卧在群山之中；摇曳的绿树花草，是玉壶上生动的水墨画，于是想起唐代吕岩所作《赠罗浮道士》里的句子："罗浮道士谁同流，草衣木食轻王侯。世间甲子管不得，壶里乾坤只自由。"

过了索桥，见左边岩石上凌空伸出个平台，上摆一张桌子，四五把小椅。这里应是品茗小憩、听泉饮风的好地方，我担心天黑了行走不便，只得忍痛割爱，继续赶路。

继而到了苍山云影，这里有一条短瀑。那短瀑的大小长宽和

◎ 叠翠瀑　程波 摄

斜度，很像一架溜滑梯。老黄笑道，布袋和尚可喜欢在这里溜溜梯了。

九天凝碧是布袋坑最美、最壮观的瀑布了。人们说它是三折瀑，我再三观察，发现它竟是世上少有的四折瀑。流水从遥远的、高高的峡谷中突奔而出，让人想起李白的"飞流直下三千尺，疑是银河落九天"。跌落的瀑水先是右折，再垂直下来，又突然右转，再猛地左转。强劲的瀑水撞击着悬崖，飞花碎玉，发出噼噼啪啪的声响。抬眼远眺，只见春山绿透，繁花迷眼，空气似乎都凝成了推不动的绿；回望潭水，从碧绿到蓝，从蓝到黛，层层涟漪，悠悠荡荡，让我们也跟着心旌摇荡了。

"飞阁流丹"是一个特别漂亮之处。一座小阁，落在高高的悬崖上。一泓清泉，从裂谷中喷涌而出。正是夕阳西下时分，晚霞把飞瀑染成一片火红，那汹涌着的瀑布，就是汹涌着的火焰，翻滚着，呼啸着，仿佛要把层林点燃，十分壮观。

转身就是一个古老的石丁步，丁步像一把钝齿的梳子，把流水梳

◎ 雾锁鹰嘴岩　强波 摄

成一绺绺长长的美发，飘飘逸逸地下去了。

过了一座长石搭成的老桥，见桥下水幕辽阔，浩浩荡荡。桥头有硕大的、不知名的红花在迎风招展，美艳至极。再逶迤几步，便到了一个叫作"老僧听泉"的水潭。这里有一泓大大的泉水，满潭碧透，上悬一大一小两瀑。一块裸岩，像一老僧侧立，贴着那小瀑，似乎在品味瀑水弹奏的音乐。走了这么多路，我们站在瀑旁，感清风徐来，听清泉淙淙，那种安谧幽静，妙处难与君说。

前面重峦叠嶂，仿佛已无路可走。然峰回路转，只见两块巨岩对峙，上面又横亘着一块，中间露一酒爵形小窗。踏着苔痕我们拾级而上，钻到这个酒爵之中，顿感清凉无比。再抬眼，前面已是豁然开朗了。

终于到了廊桥，也就是到布袋村的村口了。桥很长，两边各有长长的红漆廊椅，俗称"美人靠"。坐在这"美人靠"上，往里望，是坦坦荡荡的鼎湖，绵延数里，湖水绿且涟漪，一直伸向布袋坑里的桃源人家。可廊桥外侧则是一条大大的拦水大坝，鼎湖水从坝上下来，宽阔似大舞台的银幕。

一路行来，随处都是形状迥异、深浅不同的碧潭，它们像一块块碧玉和翡翠，闪耀着迷人的光芒；而百十条生机勃勃的飞瀑，活似白银链子，把这些碧玉和翡翠缀连起来。

登布袋山，就是走一条充满刺激又美不胜收的道路。我登过数以百计的大山小山，没有哪一条山路能如此分分秒秒和流水紧紧相依相伴的；也没有哪一条山路大瀑小瀑如此密集、如此腾挪翻滚、一路铿锵咆哮的。它们就像百十个淘气的孩子，傍着我们，缠着赖着我们，一路欢歌一路雀跃。

我怕天黑了不好走路，所以面对着漂亮的竹亭、木亭和长廊，我竟没有稍息片刻。我一口气走到了终点，竟然没有喘气，也不觉劳累。我想，这应该归功于布袋山丰富的负离子吧，当然还要归功于布袋和尚的庇佑。

夜　宿

布袋坑村坐落在弥勒谷里，这里的村舍被誉为"桃源人家"。住在寻常百姓家，品尝农家自种的园蔬，喝他们自酿的米酒，应该是件赏心乐事。可是老黄客气，一定要我们下榻在比较高档的红豆杉宾馆。

这宾馆可不是随便命名的，宾馆后面确实有两棵千年珍稀的红豆杉，和它们形影相伴的是高高的翠竹。村民们绘声绘色地告诉我们，红豆杉的果实，是如何的红艳，如何的甜美。可惜时下正是暮春，离红豆杉的果实成熟还早着呢。

布袋坑是一个原汁原味的古村落，沿溪两岸，错落有致的是明清时期的农舍，大块大块卵石砌的围墙，整棵整棵杉树立的柱子。家家户户开门就是小溪。溪水清澈见底，游鱼历历可数。红喙白羽的鸭子，像一些圣洁的天使，用它们的红掌，在水中悠闲地拨着清波，花狗黄狗迈着矫健的步伐，在石丁步上潇洒地走来走去。

布袋坑虽是小小山村，却大有风水学的建筑讲究。沿溪两岸的房舍恰似一条游龙，龙首、龙角、龙耳、龙前爪、龙背、龙脊、龙胸、龙腹、龙鳍、龙后爪，栩栩如生，惟妙惟肖。

晚餐于村中的"人民公社食堂"吃。刚刚挖来的新笋是甜的，

带露采来的蕨菜又嫩又滑。新收的土豆又面又粉，年前腌下的咸猪肉油而不腻。

那些纯绿色无公害食品，在城里是很难尝到的。那馒头，没掺什么增白粉膨大剂，吃起来分外香甜，让我们胃口大开。

饭后，布袋坑土生土长的文学青年小戴请我们去他家喝茶。他的家是仿古建筑的新屋，窗棂门框都是雕镂的，古色古香；楼上楼下的地板和隔板，是杉树原木，透着淡淡的清香。溪流在我们脚下叮叮咚咚流过，我们坐在他家无灯的露台上，就像坐在古老的夜航船上。仰望苍穹，虽然夜色幽微，却看得见天的蓝，看得见丝丝缕缕的白云。周遭宁静，山影朦胧，于是我们就有了物我两忘的感觉。

夜深了，我们回红豆杉宾馆去。没有路灯，溪边的石路有点难走。小戴打着电筒送我们。忽然，溪里有白色的东西一闪，追光之下，见一只白羽鸭子在溪水里游荡。瞧长相，分明是家鸭而不是野鸭。这时，另一只鸭子也游了过来，亲亲密密地依偎在它的身边。小戴指着它们说，瞧，爱上一个不回家的人。我笑了，问，它们为什么不回家？小戴说，布袋坑没有野兽的侵害，也没有人为的杀戮，鸭子们自然觉得溪里比家里舒服。我很诧异，也很感慨，便留神溪里，发现全是三三两两、东一群西一簇的白羽毛家鸭，它们或把脖子藏在翼下打盹，或在水里慢慢游弋，那平和，那淡定，让总是纷纷扰扰的人类自惭形秽。

我忽然觉得，这山谷就是布袋和尚那个神奇的布袋，把村落、石桥、草木、鸭子和虫鱼装在里边，把我们疲惫的身心装在里边，把苍穹和宇宙也都装在里边……

浴罢，我躺在宾馆床上，细细地倾听着窗外。草丛中，虫儿在浅唱低吟，溪水里，石蛙更是鸣和成一片。后来，它们都安静了，溪流的音乐便活跃起来，那声音，如莲步轻移时的佩瑶叮咚，如纤手拨理着琴弦丝桐……那是真正的天籁之音啊。树香，竹香，草香，花香，从半开着的窗户里飘荡进来，沁人肺腑。

我想，在绝妙的大自然面前，人是多么的微不足道！布袋坑用它博大的胸襟，拥我们入怀，拥我们进入甜蜜的梦乡。

孔子说："智者乐水，仁者乐山。智者动，仁者静。智者乐，仁者寿。"在儒家看来，自然万物应该和谐共处。布袋坑的村人，在自然造化的妙境中，与山水保持最亲密的接触，山水中有他们的灵魂，他们也有山水的精神。今晚，在布袋坑，我觉得自己也成了自在的仙佛。

布袋和尚不也这样说吗：行也布袋，坐也布袋，放下布袋，何等自在！此刻，我把我所有的布袋和负累都放下了，心中充满了禅意。

布袋坑真有一种神的力量！我想，谁想给灵魂放一个假，布袋坑是最好的去处。朋友们，挑个吉日，心无旁骛、自自在在地到布袋山走走，品味山水，沐浴甘露法雨吧。

拖毛竹的女人

我们站在晨雾弥漫的布袋坑村头。弥勒谷就像个绿色襁褓，温柔地将我们拥裹起来。

沿着溪水，我们信步由缰。在满眼的翠绿中，大片大片怒放的金樱子，白得圣洁；成熟的覆盆子像血珠子似的，格外耀眼。牵牵绊绊的何首乌，张扬着它那顽强的生命力；红色、白色、紫色的杜鹃花，在远远近近的山坡上笑盈盈地绽放……

溪流活泼泼地在我们身边流淌，须臾也不肯离开。

布袋坑的文学青年小戴说要带着我们去看竹海，于是我们就沿着溪涧上溯。水浅的地方，我们踩着大块的卵石走，卵石湿漉漉地长着青苔，一不小心就滑你一跤；水满的地方，溪里已无处下脚，我们就沿着山崖的边沿儿走。逶逶迤迤，高高低低，上蹿下跳，但我们却兴致颇高。

前面就是竹林了。远远望去，溪流两边的竹梢相向挽起，形成一道青青的穹形通道，幽幽的，再加上晨雾缥缈，竟像是一道进入仙境的门廊。

我问，过了这个门廊，就是真正的竹林吗？小戴强调说，不是竹林，而是竹海。我登上了廊口，极目望去，那漫山遍野的翠

◎拖毛竹的女人　蔡菁　摄

竹，轻轻涌动的竹涛，还有那酽酽的竹雾，淡淡的竹云，如诗如画，如梦如幻。浓郁的竹香扑鼻而来，让人心醉。

小戴告诉我，他们小时候特别爱爬竹，爬到竹竿顶上，把几棵竹子的竹梢拉在一起打个结，于是就有了一张悬在半空的竹吊床，他们在上面看书，聊天，荡秋千。这就是布袋坑孩子美好的童年。

正说着，山谷里传来一阵轻微的沙沙声响，像细雨掠过竹叶。小戴说，拖毛竹的人来了。我抬头看，除了满眼的竹子，什么也没有。

世世代代，布袋坑人是靠伐木和砍柴过日子的。如今，村民们意识到保护山林和植被的重要性，再也不乱砍滥伐了，他们挑繁殖得过密的竹子，有计划地采伐，然后把竹子拖到村口，让车子运到城里去。

终于，一个身影破雾而出，小小的，黑黑的，像一只负重的

蚂蚁。看那动作，却远没有蚂蚁那么轻捷。竹梢划拉着岩石，划拉着溪水，发出窸窸窣窣和噼噼啪啪的声音。近了，近了，终于看清了，那是个瘦弱的女人，看体形体重不会超过90斤。她拖着6根紧紧绞在一起的毛竹，其中一根伸出2米左右，那是供她扛在肩上行走的；还有一条长长粗粗的麻绳，一头系在竹捆上，另一头勒在她另一个肩上。她就像一头驾着犁轭的黄牛，深一脚浅一脚艰辛地行走着。

她的左手还拿着一根丫字形的木棍，这既是她探路防滑的拐杖，又是她歇息时顶住竹捆的支撑。当她从我的身旁过去时，我看清她的腰里系着腰带，后面穿着个木制的小匣子，一把带着钩头的柴刀在匣子里轻轻地晃动。她就是用这把柴刀，砍下一棵棵新鲜的竹子。

青竹很重，地面坎坷。她拼尽了力量，一口气也只能拖五六十米，然后用拐棍支着竹捆，站立着喘息一会儿。我看着那些水分充沛的竹子，仿佛听到竹沥流动的哗哗声。竹子都有二三十米长，根部比这个女人的脑袋还粗。女人长相端正，大眼睛高鼻梁，是我喜欢的那种。我问她多大年纪了，她擦着汗，落落大方地说，51了。我想，城里这个年纪的女工，应该是退休在家颐养天年，或者含饴弄孙了，而她却拖着是她体重5倍的毛竹，在这漫无尽头的山谷里踽踽独行。

我又问，你一天要走几个来回？每次要走几个小时？她说，每天拖四次毛竹，每次走两个小时。

我不敢再问下去了，她这样拼命地劳作，是为了给儿子造两间婚房，还是要供女儿上完大学？是要给久病的父母、公婆买药治病，还是准备给自己攒几个养老钱？在这个勤奋、勇敢的女人面前，我们这些游山玩水还嫌累的人是不是太奢靡太矫情了？

女人又拖起她的毛竹上路了，望着她微微弯曲的身腰，望着她在卵石、山岩上一步一叩首的身影，我心里五味杂陈。

终于走上村子的小道了，我想她应该轻松一点了，可是一个转弯，竹捆的下半截一下子全掉进溪里。她拼命地拉住竹子的大头，然而哪里拉得上来？于是她用那根丫字形的棍子撑住杠头，然后身子下到溪水里，托起那一大把竹梢，想把它们搬回到溪岸上来。正搬动时，前面的撑棍却啪的一声倒了，她又赶忙上岸，一手立起撑棍，一手去搬竹子；可沉重的竹捆岂是一只手扛得起的？我的心发疼了，赶紧上前去帮忙，可我根本就搬不动那死沉的东西。还是小戴等几人上前，一块儿用劲才将那捆竹子撑起。

女人并没有愁苦和沮丧，反而冲我们笑笑，笑得坦然和自信。这就是布袋坑的女人，布袋坑的母亲！她们的身上绝无赘肉，血液里绝无多余的脂肪。她们的身躯看起来羸弱，可她们的体魄比我们任何人都强健，还有她们的品格，她们的精神，比我们任何人都坚忍。面对这样的女人，我不是同情，不是怜悯，而只有深深的敬畏。

石门洞走笔

我总是羡慕古人，羡慕他们那种"竹杖芒鞋"的雅兴和勇敢，"渡水复渡水，看花复看花"，有多少付出，就有多少收获。

而现代人却是装在那些带着轱辘的盒子里去游山玩水的。车轱辘像现代人一样浮躁，它飞快地滚动着，急急忙忙地扑向目的地，固然节约了时间，却舍弃了许多弥足珍贵的东西，只能是走马观花了。

我很早就喜欢青田的溪滩，因为它坦荡、随意。几段干涸的河床，浇点水泥就权充马路了。但你得当心，如果是雨天，你轻轻松松地过去，可片刻工夫，恶作剧的山洪也许就阻挡了你的归程。我也喜欢瓯江的明净雍容，年轻时我曾经赤足伫立在江边，任那纤尘不染的细沙从脚趾缝里一嘟噜一嘟噜往上冒；我更欢喜坐在舴艋船或竹排上，感受那种顺流而下惊心动魄的"浪遏飞舟"。

而新世纪的头一个金秋，我们应青田县文联的邀请，由四个轱辘载着，自青田县城出发，顺瓯江上溯30余里，来到著名的石门渡。据说石门景点的石门洞，是明朝开国国师刘基（字伯温）少年读书的地方。这里的山水和文化养育了他，赐予了他经国济世之才。虽然刘基辅佐朱元璋建立了明王朝，但他深知"伴君如伴虎"的道理，功成名就后便退隐了；这除了是一种明智，也是一种无奈。

对岸就是石门洞。隔岸遥望，那石门似旗，似鼓，衬以明山秀水，竟有了桃花源的感觉。我们应该感谢当年的永嘉太守谢灵运，如果不是这位山水诗人不知疲惫地寻幽探胜，石门景区也许至今还"养在深闺人未识"呢！

群山起伏，瓯江如练。山是那样的青，水是那样的绿，空气又是那样的清新；可美中不足的是，驮着我们过江的，却是一条粗糙的轮船。没了摇橹划桨的咿呀，没了静如处子的水面，也没了"看山却似走来迎"的亲切，轰隆的机声和漂浮的油迹，似乎抹杀了一种和谐，拉开了人与山水的距离。一种淡淡的惆怅，涌上了我的心头。

登上岸，进石门，却见崖石嶙峋，形状怪异，似龙非龙，似虎非虎。出了洞，顺山势，傍鹤溪，沿干净的小道蜿蜒拾级而上。极目望去，但见林木深深，芳草如茵，心想这里的确是个好去处，刘基在此读书真是适得其所。我也想在这里小住几天，可惜时间匆促，只能留待以后了。寂静中忽闻一两声鸟鸣，夹杂着鸟儿的振翅声，整个山林顿时鲜活了许多。风过去，一阵阵的花香和树香，沁人肺腑。峰回路转，溪流忽然不见，却闻水声跌宕，或远或近，或疾或缓，如风吹檐马叮咚，如女儿巧理丝桐，让人怦然心动；峭壁上多见摩崖题刻，字迹或清晰或模糊，书体或苍劲或飘逸，各有异趣，让我们久久地揣摩。

石门洞附近有几座小石桥，建构样式大同小异，其中有一座"催诗桥"，可能是经费缺，时间急，造得粗俗，桥名是郭沫若题的，也少有诗意。过石桥，感觉也不甚好，窃以为，小溪渡水，石碇绝妙，那一步一个、光光溜溜、如门牙般齐齐整整的短

石块，嬉戏着激流，让我们蹦跳着过，那动作像弹琴，似跳房子（女孩子玩的游戏），几分艺术，几分刺激，即使是掉下水去也没有危险；何苦要拔除病牙般把它们全部拔去，镶上这恶俗的石桥？更有那几个小亭子，欠精致，少韵律，简直是有碍观瞻；是否请专家重新设计呢？

到鹤溪尽头，就见石门飞瀑，瀑如飞将军，骁勇自天降，更兼飞珠溅玉，轰然如雷滚过，算得壮观了，瀑下的银积潭碧波荡漾，涵泓数亩，也算得阔宽广大了，而潭深"数百丈"则不知出自何处。再说，在山水介绍中，最好留一些想象空间，说白了说死了，反而少了空灵。

银积潭侧，全是裸崖耸立，其中一巨岩横空而出，下有一床大空隙，传说是刘基藏书处，也有说是刘基读书处。旁有一钥匙模样，却是形象逼真。沿潭转小半圈，悬崖如屋檐突架，遮住半角天空，里面宽敞明亮，恰是天然居所了。我顺着崖壁攀缘而上，在那张平坦的、仅容一人的石床上躺下，果然清凉舒坦，心想日后脱离尘嚣，带些书在这儿闲读倒是最好不过的了。

刘基祠前有一段石级，名曰"青云梯"，是借用了谢灵运诗句意境的。谢先生登山多了，便创造了一种可以装卸的鞋子，上坡时去掉前齿，下坡时去掉后齿，因此步步踏实稳妥。后人将这鞋子唤作"谢公屐"，我想，刘基也是深深领会它的道理的。青云梯虽不很高，但十分陡险，当年刘基可以说是青云直上的了，但他最后还是返回山林，和范蠡泛舟五湖一样，为自己洒脱地活了一回。登上青云梯，就到了刘基祠。此祠建于1525年，不知几度废圮，如今见到的是1933年重建的，虽嫌破旧，却有了沧桑感和沉重感。

石门洞最有档次的要数碑廊了。从刘基祠的墙角转过去，就是一个规模很大的碑廊，29方碑碣整齐地排列着，碑上镌刻着诗、赋、铭、诵，笔法或潇洒俊逸，或豪放浑厚，记载着石门以至青田的历史和文化轨迹，抒发着古往今来墨客骚人的胸臆。我曾到过一些名山大川，碑碣和摩崖题刻也屡见不鲜，但青田石门却汇集了这么多，而且保管得比较完好，确实是难能可贵的。

回头经过石门洞时，忽感空穴来风，雷霆大作，惊愕之间，见一列火车正喘着粗气从我们头顶上隆隆碾过。空山，铁桥，疾车，那音响震耳欲聋。我想，石门洞原本是安详静谧的，可它也不得不经受现代文明的野蛮冲击。

乐清的龙舟

端午节快到了，龙舟鼓咚咚地响了，大人小孩的心都怦怦地跳了。

乐清的龙舟，是指我娘家乐清柳市一带的龙舟——雕刻得非常精致的龙头龙尾，彩绘得五彩斑斓的龙身龙鳞。三十六个座位三十六把短桨，头尾各配长艄一把，还有司锣、司鼓、司旗各一人：共四十一人。"长艄"是特别长的桨，并不划，只是架在船后当舵用，有了长艄，龙舟才能稳稳地前进不会因摇晃而影响了速度。

不是哪里的龙舟都有资格配置长艄的。"郑家湾"郑氏是大姓，他们的祖宗叫郑畋，十八岁会昌进士，历任兵部侍郎、吏部侍郎和司空、同平章事。《唐诗三百首》选了他的《马嵬坡》：

> 玄宗回马杨妃死，
> 云雨难忘日月新。
> 终是圣明天子事，
> 景阳宫井又何人。

郑畋原籍河南荥阳，致仕后，隐居到乐清象山脚下。有这么

120

个老祖宗在那里撑着，我们的龙舟自然比别处的要高出一筹了。

别处的龙舟很渴望得到一支长艄。他们备好了香烛酒菜，把龙舟划进了郑家湾，举行了一个隆重的拜谒仪式，认了郑家湾的龙舟为干爸。郑家湾人高兴了，就赐他们长艄一支——仅仅是一支而已，绝没有两支的。对方已经很满足了，带走这支长艄，子子孙孙都可以夸口下去。

持长艄的人，兼做"蹿龙头"工作。蹿龙头是高难度动作，首先得有极好的弹跳水平，当然也得有极好的平衡能力。他每一蹿都蹿得很高，这时龙舟已前进几米，他得计算好这个距离稳稳落下。蹿起，落下，再蹿起，再落下，和36支划桨配合得十分默契，让龙舟如虎添翼，飞快地向前射去。

我娘家多宽大的河流和浩渺的湖泊，否则，龙舟就难有用武之地。龙舟出行，有做独龙表演的，有做双龙争强三龙斗胜的，也有做四龙五龙战得难舍难分的；最排场时，十条龙舟齐头并进，龙头昂得高高的，龙尾潇洒飞扬。健儿们奋力地举桨落桨，动作整齐划一，掀起了惊涛骇浪，云起雾缭得连人影也看不清了。两岸是人山人海，摇旗呐喊的，欢呼雀跃的，还有发痴发癫的。那种盛况，可以和世界上任何激烈的体育夺冠比赛相媲美。

有一年端午节我回娘家，车子到达柳市那条长百余米的公路桥上，忽然不动了。探头看看，桥面上是一溜长蛇般的车队。原来桥下的龙舟鏖战正酣，司机们停了车，乘客们都争先恐后地下车扑向桥栏，尤其是外地的客人，他们惊喜地欢呼着，庆幸自己遇上了这样壮观的场面。

我们的龙舟，比别处的龙舟剽悍矫健得多。我看南京秦淮河的龙舟，像一口碗，才12把桨，好像一个还未断奶的孩子；三

亚的龙舟，是 14 把桨，虽然披红挂绿，让我感觉是一个小儿出来玩玩而已；韶关的龙舟，有 20 把桨，龙身倒也不短，但总嫌瘦弱纤巧，不堪委以重任似的；香港的龙舟人数不少，但龙头龙尾被简单化了，看上去像个怪物。其他地区有 24 把桨的，有 28 把桨的，有的造型简陋，色彩灰暗，而且没有司旗司锣，显得有些冷清；更没有蹲龙头的弄潮儿，跟我们的龙舟相比，缺乏阳刚之气，缺乏那种奋勇夺冠的能量和豪情。

每年过了春节，我们的龙舟就要从"龙舟屋"里被请出来，进行一番仔细的检修，兵欲善其事，必先得其器嘛。农历四月，龙舟训练就开始了。下水的那天，锣鼓喧天，炮仗动地，点香燃烛，祭拜天地，祭拜河神和龙王。有结婚、添丁，或考上大学等喜事的人家，都要扯上两丈红绸，给龙头龙尾披红挂彩，把龙舟打扮得喜气洋洋的，也给自己祈求快乐和吉祥。

划龙舟的都是精壮汉子，智力和膂力都十分了得。司鼓是总指挥，来不及出门的人，只听鼓点就知道龙舟们在干什么，咚，咚，咚咚，鼓声平淡，那龙舟只是在赶路。密密的一串长音，是龙舟转桨了——龙舟从不掉头，只是转桨，健儿们一齐抬身，齐刷刷地转身 180 度，齐刷刷地重新落座，龙尾朝前，逆向前进。鼓声越来越激越，如马蹄，如急雨，我们就知是斗得如火如荼了，鼓声如狂飙，如雷霆，那就是我们的龙舟大获全胜了。

划龙舟是非常艰辛的运动，也是非常有趣的娱乐。我们的龙舟划到哪里，哪里的村民就放起炮仗迎接，他们用几个大盘子，把酒菜、粽子、香烟等送到河埠头来，慰劳我们村的健儿们。

司旗的人绝非寻常。那旗很大，旗杆很长，吃着风，在船头站立都困难。可是司旗的却能把旗帜打出花样，打得猎猎作响。

他左边一划，右边一兜，那面旗比一支桨还管用，拨着龙舟向前蹿去。

农民们长年从事农业劳动，肩膀、腰板、四肢都久经磨炼，强壮得很，只有臀部薄弱。可龙舟恰恰是坐着划的，屁股磨损得厉害。那时候村子里没有药品，唯我家备有红汞、碘酒和紫药水。烂了屁股的邻居们都跑到我家，我用棉签蘸些药水一一递去，让他们把屁股涂得五颜六色。

豆腐佬阿三每天清晨挑着他的豆腐担子，走村串巷地叫卖豆腐。龙舟比赛的日子，他不走大路专走河岸小路了，我们村的龙舟划向哪里，阿三就跟到哪里。太阳很毒，他总是戴着一顶破草帽。听到有人喊买豆腐，他歇下担子，一边划拉方块，一边吹嘘我们的龙舟怎么怎么雄壮。可我们的龙舟也并非百战百胜，赢了，豆腐佬把草帽推到背后，扬起一张意满志得的脸；输了，他连豆腐也没心思卖了，把那顶破草帽扣得低低的，灰溜溜地回村来了。好像他就是龙舟，龙舟就是他，输了就没脸见江东父老了。所以，我们的龙舟这天在外胜败如何，只要看豆腐阿三的破草帽就知道了。

划龙舟时节，是村子里最和谐最团结的日子，哪怕恨得几年不说话的，哪怕刚刚打得头破血流的，只要上了龙舟便拼尽全力，同仇敌忾。男人在外面赛龙舟，女人自觉地做好后勤服务工作。大太阳烤的，热吧？一天到晚拼命划桨，累吧？争强斗狠，上火吧？还有那皮开肉绽的臀部，发炎吧？女人就在家熬绿豆汤，加了冰糖早早地熬好，放凉了，等丈夫、兄弟，或者是儿子们回家狠灌一气。

我们村许多厨房临河而建。那一天，焕嫂正在窗下搅着一大

锅波浪滚滚的绿豆汤，我们村的龙舟和邻村的龙舟拼上了，她的丈夫和两位弟弟都在船上，一个个拼上命去划，可两龙相持着不相上下。焕嫂那个着急啊，她一边挥舞着勺子，一边尖叫呐喊：加油！加油！再加油！龙舟划过去了，一大锅的绿豆汤，全被她泼到地上去了。

　　我们的龙舟，早就划出国门去了，并在国际龙舟大赛和全国龙舟大赛中屡屡获奖。不信，你去我们郑家湾看看！

温岭的《大奏鼓》

《大奏鼓》是温岭石塘的渔民舞蹈，也是古老的渔业图腾。

温岭有 317 千米的海岸线，一个个渔村就是穿在这海岸线上的颗颗明珠。旧时的渔船设施简陋，又无天气预报，渔民们每次出海都是和龙王爷的生死较量。有一首民谣可以概括渔妇们的心态：南风转北风，心肝翼翼动，忙上岩头望老公，眼泪哭干眼哭肿！

渔民们出海，少则十天半月，多则一年半载。留守的女人总是这样翘首以待，望眼欲穿。当久违的白帆一点点冒出海平线时，女人们便穿上最漂亮的衣裳，涂脂抹粉，敲击着渔鼓，载歌载舞地迎接男人凯旋。

《大奏鼓》本来是女人的舞蹈，心疼妻子的男人们爱屋及乌，

◎丰收之舞 谢翠鸣 摄

也加入了进来，又渐渐地把它演变成自己的游戏。他们装扮成女性，粗粝的脸上搽着厚厚的白粉，两腮画上圆圆的"红饼"，大嘴巴涂得猩红；再配上镶边的斜襟衣，宽大的灯笼裤，头戴鲜艳的绣花抹额，底下呢，却打一双大赤脚。这样的另类打扮给人强烈的视觉冲击，让你过目不忘。

虽作女儿打扮，可动作却剽悍无比。他们手执鱼形的小鼓，在一个大鼓的引领下，敲击出整齐的节奏，在高亢的唢呐和热闹的锣钹伴奏下，舞得极其夸张，表情相当诙谐。

人和鼓之间流动着一种气韵，那是渔者的灵魂。温岭的渔民们就以《大奏鼓》的形式，祈祷风调雨顺，答谢龙王爷的慷慨给予，张扬健硕的体魄，并祈求子孙昌盛瓜瓞绵绵。

《大奏鼓》舞者的上衣是蔚蓝色的，代表着生养他们的大海，而裤子则是金黄色的，象征着刚刚从海面脱颖而出的红日——温岭的石塘镇，可是第一缕曙光最先访问的福地。新世纪

◎ 舞在石塘渔村　谢翠鸣 摄

的第一天，这里举办了空前盛大的"曙光节"，从全国各地会集到石塘的记者和观光者守了个通宵，终于看到了最辉煌的一幕：那一轮巨大的、鲜红无比的太阳在和海水纠缠了片刻之后，突然纵身一跃，海水顿时被染成耀眼的金黄！

《大奏鼓》并不是温岭土生土长的。追根溯源，它的"祖籍"应该是闽南的渔村。随着福建渔民的北迁，这种鼓舞也被带到温岭，闽南一带反倒失传了。

如今《大奏鼓》跳得最好、最起劲的地方，是温岭市石塘镇箬山里箬村。因奇怪他们的装扮，我曾经目睹渔民们打粉底，那粉，可不是女人敷的香粉，也不是戏剧演员化妆用的水粉，那些粉，绝对化不出《大奏鼓》的白。说出来你可别惊讶，原来他们用的是孩子夏天搽的痱子粉！想想也是，普通的渔家，谁家能有胭脂香粉啊！

1984年，中央电视台为《大奏鼓》做了专题节目；2008年，《大奏鼓》进入"第二批国家级非物质文化遗产"名录。我想对朋友们说，到温岭，千万别错过《大奏鼓》！

◎ 冰雪大世界　徐兵晓 摄

冰雪之旅

冰城哈尔滨

　　小儿子和小儿媳要请我们去黑龙江看冰雪。孩子们有这份孝心，我当然高兴。但出门的时间定在腊月十九，这离年关也太近了，"十二忙月十二忙月"，一大堆事还没干呢；再说，家里都冷得够呛，还千里迢迢去大东北挨冻，这不是犯傻吗？看我犹豫，儿子坚定地说，家里的事，什么时候不好干？看冰雪嘛，当然是越冷效果越好。

我想想也对。再说年纪大了，凡事不要太自以为是，还是多听孩子们的为妙。于是就答应了。出发的前一天，才想起儿媳妇嘱我准备的寒衣还没买呢，才有点急了。

我这人不像女人，不到万不得已，绝对不逛商场。

于是派老头去打探，让他先帮我看好，然后我坐在他的摩托车后面直奔主题。一会儿工夫，就买回一双雪地靴，一件薄薄的羽绒服和一条薄薄的棉裤——不是我喜欢薄，是因为台州就没有我能穿的厚衣厚裤。

我们是亲属组团，一行9人。儿媳妇包了辆车，8点钟准时到达小区门口接上我们，一行人说说笑笑地去上海机场。然后坐下午3点多的班机。到达哈尔滨机场时，天已经擦黑了。

这天哈尔滨的地面温度是–16℃。我们一跨出机场门口，就感觉到寒气咄咄逼人。戴好了帽子和手套，扎紧了围巾，还冷得直打战。好在导游小姐已在出口处等着，带着我们快速钻进一辆等候着的面包车里。

机场门口有一座冰雕在迎接我们。那是个建筑物的造型。因行色匆匆，未能认真欣赏，只感觉红红绿绿，光怪陆离。

哈尔滨正值华灯初上。一路行来，只见街道两旁，大小转盘之间，都是五颜六色的冰雕，有建筑物模样的，有动物造型的，有现实主义的，有抽象变形的。因为里面装了灯，闪闪发光。那是真正的"冰雕玉琢"和"玲珑剔透"啊，哈尔滨之所以叫作"冰城"，这算是一个重要因素吧。

让我失望的是，哈尔滨居然没有雪！我们这次是"冰雪之

旅"，哈尔滨竟然没有雪！街面上干干净净的，行道树上的残枝败叶久未得到滋润，干巴巴的了无生气；只有花坛里面，还有星星点点的残雪，证明哈尔滨确曾是下过雪的。我叹了口气，问这是怎么了？导游说，今冬干燥，哈尔滨只在11月份下过雪，至今都快三个月了，积雪也就蒸发光了。

我觉得旅行社不对。既然没雪，哄我们来干什么？导游说，哈尔滨虽然无雪，但是有冰啊，咱们先看冰城，过两天再带你们

到别处看雪去。

　　说话间，我们见识了这个被称作"东方小巴黎"的北国名城。百年之前，哈尔滨仅仅是沿着松花江散落而居的一些渔村。1898年中东铁路修建到俄国，十月革命期间，欧洲侨民大量拥进，并在松花江东岸建房集居，于是，俄式风格、拜占庭风格的楼房拔地而起。最鼎盛时期，哈尔滨集结着33个国家的16万余侨民，这个人口占哈尔滨当时总人口的62.86%。如今，历经沧桑的房子依然矗立，宽敞的屋舍和穹形窗户，尖顶的或洋葱头的教堂，让我们领略了异国风情。

　　饭后，孙子龙龙就吵着去看冰雕大世界。路上，导游说起那大世界每张门票是300元。我们问为什么这么贵？导游解释说，打造这些冰雕，成本就是1亿多元；且因为风吹日晒和磕碰，每天都得花财力人力去"维修"。别的景点建设不说一劳永逸，总能维持多年；而这个冰雕大世界，不到春暖花开就彻底消融了。

　　我想象着这个景点的广大，但真的到了眼前，我还是被它的恢宏震惊了。这是一个完全由松花江的冰块打造起来的"城市"，高耸的"城墙"，厚实的卷洞"城门"。进得"城"去，造型各异的"建筑"序然林立，有古典的中式宫殿，有欧式的楼房和教堂，鼓楼和钟楼临近对峙，宝塔与大桥遥相呼应。回廊曲折，长阶坦荡，殿宇俨然，宝塔矗立；所有的冰块里因事先装上各色灯光，映照得"建筑"物五彩斑斓，晶莹剔透；

◎ 冰城哈尔滨的东正教堂　徐兵骁　摄

更有双龙戏珠、凤凰展翅，鱼跳龙门和一些人物造型，活灵活现，栩栩如生，令我目不暇接；打造的难度之大，雕琢的水准之高，让人叹为观止。

转到后面，我们看见了一座庞大的雪山，我不明白哈尔滨人用多少人力和物力，从外地搬运了多少积雪堆垒而成。遥遥望去，就有影视作品里拍摄的大雪山的效果，让人想起战争年代的沧桑和艰辛；又一处，几尊雪塑的、慈眉善目的庞大观音菩萨端坐在莲台上，她们通体雪白，更显纯洁和慈悲。比起冰雕，雪塑的作品更加细腻精致，更显得品味高雅。

冰雕大世界固然很美，但寒冷有点摧人意志。在一处，我见一人抱着只白色的美兽在招徕生意。这野兽真是美丽，它通体雪白，连一点瑕疵都找不出，乌溜溜的眼睛，闪闪发光。一问，说是只雪狐，看它厚厚的毛，抱在怀里应该是特别温暖的。雪狐的主子也说，冬天里雪狐的毛是平时的三倍。这种雪地里最敏捷的动物，竟能乖乖地陪着主子做生意，让我好生奇怪。我花了20元，购得昂贵的一抱，小家伙还真替它主人长脸，任你左抱右抱抚摸抓挠，都极温柔地配合着。乖巧成这样，让人怜惜不已，我想起陈瑞唱的《白狐》：我是一只修行千年的狐，千年修行千年孤独！连蒲松龄笔下的那些狐化的美女们也纷纷来到我的面前……

因为天气太冷，我们待了一个半小时就出来了。

这一晚，我们下榻在哈尔滨飞泷商务大酒店。宾馆的大门有里外两道，玻璃窗也都是两道，门和窗的夹缝里，都有霜花和冰凌。屋里的暖气却烧得很热，一进大堂，一股热浪就扑面而来，被冻的脸上立即发烫。进了卧室，迫不及待地脱了外衣。看看温度计，28℃。

洗完了澡，穿着睡衣睡裤，在屋里上了 2 个小时的网，一点都不觉得冷。怪不得都说北方的冬天比南方舒服，我算是领会到了。躺下来就不行了，席梦思太热，床单黏人，翻来覆去的我在床上贴烧饼。于是起了床，把双层窗子都打开十多厘米宽，让寒流长驱直入。这样一调节，刚好。一宿无话。

松花江上

松花江在哈尔滨主城区的西边。路上我们经过了索菲亚广场，见了哈尔滨最大的教堂——索菲亚教堂，也就是东正教堂。

提起松花江，我就想起了两首歌。一首是《松花江上》，20 世纪 30 年代的作品；另一首是《太阳岛上》，20 世纪 80 年代的热门歌曲。《松花江上》如泣如诉，沉重悲愤；而《太阳岛上》却欢乐轻快，阳光明媚。两首歌创作时间相隔了小半个世纪，背景也迥然各异，可是我都喜欢。就冲这一点，去松花江的热情高涨。

车子很快就把我们送到了松花江边。我站在岸上，举目远眺，只见满眼的花花绿绿、彩旗飘飘，更有高音喇叭的喧嚷和熙熙攘攘的游客。我心中的《松花江上》退到遥远的历史背景后面，感到旅游业把松花江变得轻俏了。

然而江面却冻得严峻。载客的轿车在欢快地奔忙，披红戴绿的马车也不甘落后。于是又情不自禁地想起了"冰河上跑着三套车"。可这里的马车只配备一匹马，也没有我想象中的伤感和

○ 松花江上太阳岛　徐兵骁 摄

沉重，一般是载着两名游客，轻轻松松地来回穿梭。更有些年轻人，像燕子般转动着健美的身子，在冰面上自如潇洒地滑冰。

我们顺着台阶下去。台阶不少，足以证明松花江封江时的水位不是太高。我开玩笑说，冰雕大世界取冰，把松花江都割了几层肉了。站在松花江辽阔的冰面上，极目望去，一下子体会到了什么叫"大河上下，顿失滔滔"。再细看脚下，看得出冰的层次，有的无色，有的则带有江水原本的浅蓝。冰面并不像我们想象的那么干净平整，而是伤痕累累，可能都是冰鞋疾驰和车轮反复碾轧的缘故。

我们在冰面上小心翼翼地行走着，就有人很积极地拉我们去冬泳馆参观冬泳。所谓冬泳馆，就是用一些简单的绳子和塑料布拦起来的、一个几百平方米大的围子。进了那围子，只见中间的冰面上被切割出一个长方形的池子，旁边置有上下的扶手、跳台还有更衣室，和真正的游泳馆别无二致。冬泳爱好者的身份很复杂，有金发碧眼的女子，有大胡子白皮肤的男人，当然还有黑头发黑眼睛的国人。音乐声中，他们三三两两地出来，看得出他们的年龄跨度很大，广播里嚷嚷说最小的只有14岁，而最大的已是76岁的高龄了。

站在冰面上看热闹，我冻得不住地跺脚。看那些冬泳者，女人穿着三点式，男人只有一条裤衩儿，似乎并不畏寒。他们都很快乐，也很亢奋，一个个都有强烈的表演欲，都想秀一把。一般站到了跳台上，都要摆个造型，有的喊两声什么，有的伸出手来，不断地向观众致意，或者四面八方地抛飞吻。一位头发花白的五六十岁的男人，把光光的身体紧紧地贴在池沿的冰面上，慢慢地滚过来、滚过去，滚的时间挺长，仿佛是热得受不了，要让冰面帮他凉快凉快；也好像在学习孝子王祥，决意把冰面卧化，从而弄出条鲤鱼来孝敬母亲似的。

这天松花江面的气温是 –20℃，游泳池里的水一会儿就结出许多冰碴儿来。每隔 15 分钟，就有工作人员拿个网兜出来，把那些冰碴儿弄走。

这些跟严寒抗争的冬泳爱好者们，让我佩服不已。

出了冬泳馆，顿感天地的辽阔广袤。此时，淡薄的阳光正洒在一望无际的松花江上。北边的中东铁路大桥上，火车正在隆隆驶过；西面的太阳岛影影绰绰。我们目测一下，从江东岸到太阳岛，应该有四五里的路程。有马车和爬犁迅速地过来，裹着厚厚毛皮的车主热情地邀请我们上来，说绕太阳岛一圈只需 200 元。我们不想花这钱了，因为都觉得坐在这种四面透风的交通工具里受不了，当务之急，给自己找点热量是必需的，于是决定徒步向

◎ 冬泳　徐兵骁 摄

太阳岛走去。

冰面很滑。我们一边走，一边摔，一边哈哈大笑，一边拍照；龙龙腿脚最快，一会儿就跑到前面去了，又跑回来等我们，一家人其乐融融。江面上的风比别处大，我虽然把绒线帽都拉到耳垂下了，但北风还是穿过帽子的线眼，吹得我右耳生疼。我只得用一只手捂住耳朵，揉搓着继续前进。

一辆马车呼啸着从我身边驶过，碾碎的冰碴儿溅了我一脸。我忽然觉得，沿着被车轮碾白的车辙走，应该是最便捷的，也是最安全的。那些冰碴子就像沙子，能起很好的防滑作用。于是就呼儿唤女，顺着马车夫的车辙前行，就这样我们一直走到太阳岛，没有再摔跤。

冬天的太阳岛太萧条了，夏日里的风光旖旎都没了踪影；唯有一幢幢的俄式别墅比较漂亮，然而，屋前屋后的小林子都光秃秃的，大煞风景。别墅是俄罗斯人避暑用的，冬日里冷冷清清的了无人迹。我们觉得无趣，就又踩着冰面，返回东岸。

上得岸来，见冰砌的滑梯上人头攒动。一打听，原来凭门票存根，每人可以免费溜滑梯一次。对着手中的9张票根，我喊龙龙。龙龙不由分说就上了滑梯，很潇洒地滑了下去。其实冰雕大世界那边的滑梯弯曲盘旋，比江边这个漂亮多了，我因为怕冷，昨晚就没敢上去。此刻我们身上还储存着从太阳岛带来的能量，于是也想体验一下。我上了滑梯，还没坐稳，哧溜一下就滑开了，心里一慌，本能地伸手去抓两旁的冰扶手，没抓着，身体却失去了平衡猛地向后仰倒，脑袋撞在扶手上，咚的一声，耳朵便嗡嗡作响，再也没本事坐起来。我就那么躺着，滑到松花江的冰面上，惯性还将我在江面上滑行了30多米。

◎冰河马车　徐兵骁　摄

　　我狼狈极了。起身以后，揉着脑袋上的疙瘩，走回到岸上。看看手里还有余票，问，你们谁来滑啊？没人响应，连龙龙都说，不滑了，我已经滑了四次了。我心有不甘，说，你们等我一下，我刚才没滑好，再来一次。

　　这一回不敢轻举妄动了。我谦虚地向管理人员请教："怎样才不会后仰呢？"回答说，把双手放在膝盖上，低着头就行了。我遵照教导，果然平安"着陆"。事后儿子让我看他抢拍的照片，发现我是矫枉过正了，我把头埋得太低太低，弯曲的身子就像个缩头裹脑的穿山甲！

亚布力滑雪

　　第二天我们起了个大早，因为我们要到亚布力去滑雪。

　　亚布力滑雪场位于长白山余脉张广才岭西麓的大锅盔山脚，

在尚志市亚布力镇西南 23 千米处。亚布力距哈尔滨 198 千米，距牡丹江市 120 千米。

我们的面包车挨了夜的冻，冷得像冰窖。尤其是车厢壳子，一挨，感觉是挨着铁。我往里挪了挪身子，怕把我冻粘在车厢壁上。我问为什么不开空调，司机说，开了，得过一会儿才暖和。可是这空调实在是太吝啬了，车子开了半个多小时，车内才有了微微的暖气。

奇怪的是，车子的玻璃窗上反倒凝上了霜。我以为这霜是外面的，仔细瞧瞧，摸摸，却是在里面的。导游说，这霜是我们呼出的气凝结而成的。

车窗被屏蔽了，什么也没的看，很不舒服。于是我就用餐巾纸去擦霜，那霜竟坚决得岿然不动。我只得用指甲去抠，抠了半天，才抠出山楂片大小的一点儿来，我就用这个"山楂片"去管窥外面的景色。

黑龙江实在是大，一眼望去，都是广袤的田野。北方的冬天真是寒碜，找不出一丝一毫的绿意来，每一棵树都瘦得只剩下个骨架子，它们在苦寒中哆嗦着，干燥的树枝痉挛着指向苍穹，像一个呼天抢地的寡妇。土地都休闲着，偶尔，能见到些系着脖子的小稻草把儿，东倒西歪地坐着，长长的高粱秸被打成捆，懒洋洋地躺在地里。小路上，间或有载着柴火的马车踽踽独行。渐往北走，积雪就渐多。如果没有白雪的点缀，北方的冬天该是多么萧条和凄凉啊。

导游介绍说，"亚布力"这个地名由俄语"亚布洛尼"而来。19 纪末中东铁路修建时，筑路的华工就在北面搭建大棚居住，当

◎ 亚布力滑雪场　佚名 摄

时这里的地名也就叫"北大棚"。

　　秋天，沙俄工头发现大片大片的、硕果累累的苹果林，于是，就用苹果园——"亚布洛尼"来命名。亚布力地处偏僻，山高林密，抗日战争时期，东北的抗日联军曾把它当作根据地；解放前后，这里也成了土匪们啸聚和藏匿的所在。从亚布力过去50千米处，有一个叫"横道河子"的地方，上面的山头就是土匪坐山雕的地盘。亚布力海拔1374.8米。山的坡度柔美，雪的软硬适中，最适宜做滑雪场。亚布力的年积雪期为170天，最佳滑雪期有五个月。自1984年亚布力滑雪基地建立以来，先后已接待了二十余批赴南极科学考察的人员的冬训，承办了多届全国冬季运动会和亚洲少年高山滑雪锦标赛和亚冬会，是国家首批"AAAA"景区内的"SSSSS"级旅游滑雪场。

　　交了门票进入大门，有人带我们去租衣处。租一套滑雪衣外

加一副眼镜要 130 元。衣服是普通的运动滑雪衫，不厚，男女不分，又大又长。我一试，几乎撑不起来，身材娇小的就可想而知了。衣裤都比较脏，裤管下端由于经常踩踏，不但沾了泥，还开裂了，拉链也拉不上。我丧气了，问，穿自己的衣服不行吗？回答是：绝对不行。待会儿沾满了雪，雪一化，湿漉漉的冷死你！我先生和儿子都不信那个邪，只管坐着不试衣服。我们几个胆小的各租了一套。那眼镜一戴上，臭烘烘的，也不知经历过什么，让人恶心。

我们玩了三个钟头，体会到那雪很干燥是沾不住的，就是有意地滚它一身，拍拍就掉了，根本不会化。所以就有了受骗上当的感觉。我在这里告诫有待去亚布力的朋友们，千万别租衣服和眼镜了。

穿好了衣服，就去一个大厅里排队领取滑雪靴和雪橇。那滑雪靴很漂亮，鞋帮里大约装了钢板，僵硬异常，笨手笨脚的我横穿竖穿怎么也穿不上。就有一些年轻人过来，自我介绍说是滑雪教练。他们纷纷弯下身子，替我们穿靴子，并讲好教练费每人 200 元。我们看他们态度不错，就答应了。我家先生和亲家换上滑雪靴，两人刚一出门，就一起滑倒了，随后便立马退入大厅，进咖啡吧享受热咖啡去了。

教练带着我步出大厅的大门。穿着滑雪靴的双脚沉重而怪异，让我体会到什么叫“举步维艰”。教练一手拿着雪橇，一手拉着我，一步一步地把我牵引进白茫茫的世界。他找了块平整的雪地，教我把双脚分别踩进两只雪橇。我像熊猫一样笨，努力了好几次，才算是踩上了。雪橇着了力，不由自主地向前滑去，把

◎ 滑雪风采，凌空如飞　佚名 摄

我摔了个仰面朝天。

我爬了起来，继续"革命"不做逃兵。教练和我相向而立，他把雪橇撑棍递过来，嘱我抓紧了。我抓着撑棍，还是不敢动弹。教练说：弯下腰，两条橇板要平行，抓着我慢慢滑行。我紧紧地抓着撑棍，教练倒退着，拉着我缓缓前进。速度一快，我吓坏了，教练就教我把双脚快速变成"内八字"，这样就能"刹车"。我学了好一会，才学会这个"内八字"。

教练拉着我，找了个坡度小的山坡，带着我徐徐下滑。我还是胆小，动不动就来个"内八字"，有时还"内"得过度，两根橇板都交叉打架了。但雪橇能乖乖地打住，让我站直身子喘息。

滑到坡底，我们背着雪橇，踩着厚厚的积雪，一步一个脚印地回到了坡顶，再一次往下滑，以后就没有再摔跤。到了第四趟，我可以脱离教练，独自单飞了——当然"飞"得不快。我这

◎ 木屋与栅栏　施良 摄

人大夏天爬山也不出汗，可是四个来回的滑雪下来，不知是太紧张，还是太用劲，背上已湿淋淋的了。

惊艳在雪乡

　　双峰林场位于黑龙江省牡丹江市的大海林内。张广才岭主脉从西南蜿蜒入境，主峰老秃顶子山海拔 1686.9 米，雄踞群峰之冠；而地处张广才岭中段的、海拔 1500 米的羊草山，就是闻名遐迩的中国雪乡。牡丹江最大的支流——海浪河就靠雪水的滋养，格外美丽而丰沛。

　　张广才岭的满语为"塞齐窝集穆鲁"。塞齐，意为开阔；穆

鲁，意为山梁，而窝集，则是森林的意思；百余年前，人们走进森林，就说走进"窝集"。

20 世纪 80 年代，广东的一帮摄影驴友来到了秃顶子山看雪，但令他们遗憾的是，秃顶子山上的积雪太过浅薄，对于摄影艺术工作者来说，实在是"不成气候"。失望的他们站在山巅四处远眺，一个驴友眼睛突然一亮：西南侧的一个山头上，竟然银装素裹，白雪皑皑，那圣洁的白，耀眼的白，令他们欣喜若狂，于是就背起沉重的照相器材，徒步穿越山谷，攀登上有着神话传说的羊草山。

随着羊草山摄影作品的流传，"中国雪乡"的名声渐渐远播。雪乡的美景吸引着各方客人，摄影记者们纷至沓来，电视剧组也来此选取外景。近些年，《闯关东》和《北风那个吹》等诸多电视剧就是在这里拍摄的，而我一看到《悬崖》里的雪景和深山老林，都有似曾相识的感受。解放军"八一雪场"也建在这里。

那天早晨，我们从牡丹江市出发，朝着向往已久的中国雪乡进发。过了海林市，车子就离开了省道，向西南折进了一条乡间的水泥马路。直直地走了大约一小时后，车子就上山了。一路依依、蜿蜒相伴的，是宽阔的、冰封的海浪河，冰面生动活泼，既保持着水的流向和漩涡形状，还像蓝宝石一样闪闪发光。我甚感诧异，问，冰怎么会是蓝色的呢？导游说，海浪河水平日里就是蓝莹莹的，结成冰当然也是蓝色的了。随着山势渐高，路面积雪渐厚。我问司机，你的车轮不装防滑链吗？司机笑笑，笑容里带着些许不屑，他慢吞吞地回答我说，我开车从来不装防滑链。

我心里打鼓了。往日在家乡水泥山道上行车，左一个急转弯，右一个急转弯，常常一边是悬崖峭壁，另一边是落差很大的沟壑，让人心惊肉跳；何况眼前这白雪皑皑的山路？老头子先打退堂鼓了，他嚷嚷道，回去回去，我们不走了。导游淡定地说，没事的。我们都这样走的，再说路窄雪厚的，错车都困难，哪能掉头呢。

年轻人胆子都大，我儿子儿媳也说没事的。我们只得硬着头皮，嘱咐司机小心再小心。

山势并没有我们想象的那么陡峭，起码比我们家乡的山路平稳多了。我们提在嗓子眼的心总算慢慢地回到原来的地方。两个小时后，我们平安地到达了目的地。

这是一个得天独厚、洁白无瑕的屯子，它四面环山，屯子就像个婴儿，甜甜地睡在山脚的盆地里。

日本海湿暖气流和西伯利亚的冷空气在这里纠缠交汇，形成"天无三日晴"的独特小气候。常常是山下晴朗，山上飞雪；这边大雪纷飞，而相隔不远的山头却艳阳高照。这里的年积雪期长达7个月，积雪最厚处近2米。漫天白雪在风力作用下，婆娑起舞，婀娜翩跹，落下来则层层叠絮，随物具形。

我问屯子叫什么名字，问来问去，却无人能答。原来它是"养在深闺人未识"呢！而导游则叫它"双峰林场宿舍"。但是现在，我们既看不见一个林场工人，也找不着半点伐木的迹象。映入眼

◎ 中国雪乡 施良 摄

帘的，是清一色朴实无华的木桩篱笆，清一色的砖木结构平房。百多户人家，家家户户都掀着门帘，笑迎来自天涯海角的游客。

所有的屋顶全压着厚厚的雪絮，雪絮宽大而奢侈，从屋檐长长地拖挂下来，几乎和地上的积雪对接。在这里，大雪封门是常有的事，人们早晨起床，第一件事就是铲雪，否则你无法出门客人也无法进来。所有的窗子，只铲出了上半扇。远远望去，那半扇半扇窗子像是人们用刀在雪里面雕镂出来的洞洞，它们像一双双眼睛，好奇地打量着我们这些不速之客。

远处的山，近处的树，统统银装素裹，家家门前高高的柴垛，也半埋在雪里；连飘扬在屋顶的袅袅炊烟，也是乳白色的，没有一丝一星的杂质。

我们被安排在一家农家乐里。导游介绍说，这个坐落在深山老林里的屯子，90 年代初还只有 23 户人家。屯子里的男人打猎、伐木，女人采蘑菇、摘野菜。导游笑着给我们介绍屯子里的"四项基本原则"：看家护院基本靠狗，通信电话基本靠吼，运物拉货基本靠马，出门办事基本靠走。

◎ 美丽的雪村　施良 摄

　　改革开放以后，有能力的人举家搬到山下去了，空出来的一幢幢房子，卖200元都没人要。自从雪乡旅游开发以来，越来越多的游客蜂拥而至，家家户户也都成了接待旅客的旅馆。搬到山下的人也回来了，邻近山沟里的人也挤进来砌房落户了，屯里猛地扩充到200来户。为了保护环境，也为了合理利用旅游资源，政府喝令打住，再也不许进人和建新房了。所以如今这样大小的房子，100万都买不到了。

　　屋里有五六间客房，每间七八平方米、十来平方米不等，屋里都盘着炕，炕上铺着一排儿四五条薄薄的小被。炕洞很小，使劲塞，也只能塞进五六根劈柴。点燃劈柴，却能保证24个小时的温度。屋里总是暖融融的，非常舒适。

◎巨大的雪舌　施良 摄

◎木栅与炊烟　施良 摄

午饭后，天开始下雪。有专门的车子载着我们上羊草山。装了防滑链的车子来来回回，跑得飞快。而更多的年轻人则选择了徒步登山，这样既能更好地领略雪乡风情，又方便拍照。车里的我们只能是浮光掠影了。山道旁，树被雪塑白了，草被雪淹没了，连开山筑路遗留的嶙岩峭壁，也被雪包容得温柔了。15 分钟之后，车子停在一个比较平坦的丘上，一块高高的立石上，"羊草山"三个字猩红醒目。这里生长着特别耐寒的高山偃松和岳桦，还有一望无际的红松和白松。听人说，这里的原始红松林平均树龄有 400 年；看看树高，竟有 30 米以上。风裹挟着雪，松涛起伏，奔吼长嗥，远望老林深处，让人想起小说、影视剧中的土匪窝。导游说，隔山的那条沟，就是《林海雪原》里的夹皮沟。我

们艰难地跋涉着。没有路，有的只是沟沟壑壑。雪深处自然是不敢去的，我们挑人家踩平了的、雪浅的地方走，就这样，随便一脚下去，雪就没了双膝。人们欢呼着，在雪地里打滚，有的人一下子被雪给埋了。

因为拍照，我把手包往身旁的雪堆上一放；一转身，包没了。原来它哧溜溜地钻到下面去了。天实在太冷，相机一拿出来，就着了雾，拍的照片也不太清晰，手也冻得受不了。

忽然，雪地里响起一阵惊呼，我转身一看，只见一位年轻人脱光了衣服，赤条条地在雪地里摆着造型，很多人都对着他抢镜头。我惊叹他的年轻，惊叹他的健康和勇敢，同时也受到鼓舞，于是也脱了外衣，只穿着羊绒衫站在雪地里，抓拍了几张珍贵的照片。

开始爬坡了。坡有点陡，且没有路。雪又那么厚，脚下没个准头。我抓着身边的树枝，深一脚浅一脚地探索着，而更多的地方，

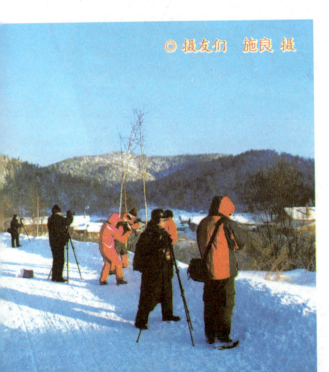

◎摄友们　施良 摄

小树都被埋了，只露出细细瘦瘦的梢。那些梢一抓就断，根本吃不住力。我踌躇着不敢举步，有时干脆站着发呆。幸好经过的年轻人多，他们不时地搀扶我一下，或拉我一把，我终于也上去了。

身强力壮的人还继续向上攀登。可我已经累得气喘吁吁了，就不想再走。在

山头上拍了几张照，决定下山，正所谓上山容易下山难，望着陡峻的坡面，我下不来了。想了想，只得坐在积雪上面，把那个山坡当成一个曲折的滑梯，小心翼翼、拐来拐去地慢慢滑了下来。

　　晚饭是标准的东北菜，笨鸡炖蘑菇，酸菜炖粉条，土豆炖豆角，大葱炒笨鸡蛋，还有黑龙江的一些我叫不上名字的鱼。蘑菇的种类很多，还有各种好吃的野菜。一位三十大几的服务员大嫂一边手脚麻利地做着一切，一边伶牙俐齿地和我们闲聊。她还说："别看这儿现在冰天雪地的，到了夏天，黄花菜开得呀，漫山遍野！""这野菜，这蘑菇，都不要花钱去买。只要你肯出力，一天能采上几麻袋！"她还骄傲地说："我们这里没有蛇，不管是深山老林里，还是深草密丛中，绝对没有蛇，所以采起野菜蘑菇来放开手脚，没有后顾之忧。"

　　邻居家卧着两条肥狗，见我们走过，吠了两声。大嫂说，笨狗，不咬人的。我发现一个菜名，叫"笨锅炖"。我问，你们那么多的"笨"，是什么意思啊？这位大嫂说，原生态、纯自然、没任何污染的东西，就叫笨！

　　晚饭后，雪越下越大。我们把自己裹得严严实实的出了门。雪打在脸上，生生地痛。脚下咯吱咯吱的，是雪在呻吟。一条所谓的"小街"两边，疏疏的木屋错落有致，长长的木桩篱笆上面，都顶着一个个半圆形的雪球，活像一支支高举的、洁白的蘑菇。一盏盏亮堂的灯笼上面也都堆着雪，白白红红，相映成趣。

　　街上有兜客的狗拉爬犁，狗很肥，毛长且厚，静静地趴在雪地上，一点也不怕冷。载着游客的马车飞奔而过，扬起一阵阵雪雾。雪地里有一个个车胎，上面坐着孩子，家长们拉着车胎在雪

◎雪梦 施良 摄

地里滑行。许多充气的游泳圈被扛到了山巅，一只只穿在一起，那模样就像一条蜿蜒滚肥的长蛇，每个游泳圈上都坐着一个孩子，这怪异的"长蛇"顺着山势飞驰下来，空谷里，无忧无虑的欢呼声此起彼伏。

街道两旁小小的商店里，有各式各样的狐皮围脖、狗皮帽子出售，年轻人拿了顶狗皮帽，戴上试试，那模样颇像电视剧《悬崖》里的小宋佳，很漂亮。这些皮货的价钱不太贵。心想买些，转念又一想，带回家根本用不上，就忍痛割爱了。

转了一个钟头，小小的屯子就转遍了。雪越下越大，我们的头上、肩上、眉毛上都积了层厚厚的雪，寒气更是凛冽，冷得人瑟瑟发抖，于是就朝着住处逃跑。到了门口，见老板娘正在雪堆里掏东西——雪乡不用冰箱，屋外的积雪是最好的冷库。老板娘把掏出来的东西罗列在饭桌上，有剥了皮的麂、兔和山羊，有锯掉一截的、凝着血的鹿茸，让我们选购。最后，她竟然掏出一只熊掌来！看着那毛茸茸、血糊糊的巨掌，我们无语了。

睡觉的时候，感觉炕烧得有点烫人。我把那些薄薄的小被子打开，一条铺在下面，挡住热量对皮肤的刺激；一条盖上面，这样温度刚好。那一夜，我睡得非常踏实。

一觉醒来，天已经白白亮亮的了。赶紧穿衣出门，雪已经住了，经过一夜的粉饰，雪乡的一切圣洁得宛若仙境。举头仰望，蔚蓝蔚蓝的苍穹，东南面有个淡淡的太阳，西南面却留着一弯昨夜的瘦月，它们遥遥相对，辉映成趣。阳光薄如蝉翼，却能把西边的山雪映得金碧辉煌。

我们信步走去。阳光把家家门前的木栅栏，在雪地上拉出一排排琴键般的光影，黑白分明。随着游客的脚步踩过，弹奏出了轻快的旋律。

蓦然，我们发现不远处有块足球场大小的平整冰面，三三两两的年轻人穿着冰鞋滑来滑去。这应该算是个民间溜冰场吧？冰面的一角，却凿出个一拃宽的冰洞，洞的四周覆盖着昨夜的新雪。有人扛着个小小的网兜，一捞就捞出条活蹦乱跳的大鱼。敢情这里原本就是个鱼塘？而洞口开得这样小，是防止滑冰的人跌进去吧？

美丽的雪乡，神奇的雪乡！对于我们南方人来说，的确是太震撼了！

◎雪街 施良 摄

四川之行

都江堰和李冰

好官不仅仅是清官。

——作者题记

　　都江堰水利工程无疑是一颗璀璨的明珠，是战国时期秦国蜀郡太守李冰率众修建的一座大型水利工程。都江堰建于公元前256年，是全世界迄今为止，年代最久、唯一留存、以无坝引水为特征的宏大水利工程。两千多年来，它一直发挥着防洪灌溉的作用，使成都平原成为水旱从人、沃野千里的天府之国。

　　四川的自然景观和人文景观都很美，而最让我心动的，却是这2250年前建就的都江堰。

　　都江堰位于成都市西面50余千米的岷江中上游处。岷江是从岷山凌厉的挟持中挣脱出来的。它剽悍，急躁，一泻万里；岷山属喀斯特地貌，崩塌的石灰岩不断地闯入河床，致使岷江沙石俱下。

　　我估计，当年的李冰曾站在岷江北岸的玉垒山上，看江水滔

158

滔而过，流失到遥远的长江。成都平原却严重缺水，农民常常因干旱而无法播种，或耕种了得不到及时的浇灌而升斗无收，因此常年饥馑，哀鸿遍野。

李冰的心随着岷江的波涛起伏。他想，如果能把岷江水引入成都平原就好了。于是他召集了有识之士和水利行家，查看地形，大胆设想，科学论证，逐步形成都江堰的工程规划。

都江堰工程分三步实施，第一步在岷江中心筑一道纵向的分水长堤，堤形如鱼，首尾长 3000 米，鱼肚处宽 300 米，鱼嘴逆水，将岷江破成外江和内江。第二步，在玉垒山伸入江水的虎头岩上，凿开一个 20 米宽的口子，内江的水就是从这个宝贵的口子里引入成都城的，所以把这个口子称为"宝瓶口"，而凿离虎头岩的那块山体则被后人叫作"离碓"。第三步，在分水堤尾部与离碓之间，筑一条堰坝叫"飞沙堰"，坝下修两条溢洪道。大雨倾盆、山洪暴发的日子，内江多余的水流既由溢洪道泄出，又利用回流的原理，将江水裹挟而下的泥沙排掉。

这是个极其科学、极其大胆的构想，一旦梦想成真，内、外

◎ 都江堰　李芯 摄

江的水流将永远按四六分成——丰水期外江六成内江四成，枯水期外江四成内江六成，从而确保四川盆地的饮用、灌溉和以后的工业用水。

图样画在纸上，而想把它付诸现实，还不知道要付出多少汗水和心血。现代人不能想象古人治水的维艰，但可以肯定，李冰和他的儿子李二郎要四处奔走，调动财力物力和人力；动工了，李氏父子必亲赴第一线，和民工同甘共苦。更有一些技术难关，比如，那时候还没有发明炸药，怎么弄开那坚硬的虎头岩？

群策群力，就有了办法：岷山上有的是柴，砍了柴，架在虎头岩下烧，烤得岩石滚烫，然后拼命往上面浇水，热胀冷缩的原理使崖体龟裂，民工们就对着裂痕凿啊敲啊，生生地凿出个宝瓶口来。那时候当然也没有钢筋水泥，李冰就让民工们上山砍竹子，编就一个个硕大的竹笼，捡巨大的卵石往里放，就这么一个个装满卵石的竹笼排列起来，筑成那些坚固的堤坝。

从此，四川成了丰饶富裕的"天府之国"。

2250 年过去了，都江堰坚强地屹立在岷江的激流之中，孜孜不倦地滋养着成都平原，呵护着四川百姓。今天，它的灌溉面积已达 1000 万亩。无怪德国地理学家李希霍芬看了赞叹说："都江堰灌溉方法之完美，世界各地无与伦比！"而赵朴初先生则在他的诗里将都江堰与万里长城媲美，还说长城是"徒留古迹在"，而都江堰却是"万世资灌溉"！

站在风景旖旎、巍峨壮观的二王庙前，我感慨万千。李冰父子在世时并不想争霸图业，可后来的唐朝却封李冰为"赤诚王"，元代又封他儿子为"英烈昭惠灵显仁祐王"。我又想，当年李家父子手中掌握着巨大的工程款项，按照当今"人都是有七情六欲的"说法，他们可曾想过要中饱私囊？

　　岁月悠悠，多少帝王将相都被历史湮没了，而李冰父子和都江堰永在。

四川苦力

　　在四川登山时，常有当地人吆喝着"滑竿嗨滑竿"从你身旁急急蹿过。吆喝的意思有两层，一是问要不要坐滑竿；二是滑竿上已经有人，请游客给他们让路。

　　在这之前，我只是从小说《红岩》中见过滑竿，那个双枪老太婆躺在上面，让人抬着去执行任务。当时窃以为，两根竹竿穿着躺椅，一路走着一路滑来滑去。这次见了真正的滑竿，是一张极简易的椅子，两根竹竿，却是固定的，百思不得其解为什么要用这个"滑"字。

◎ 二王庙　李芯　摄

抬滑竿的当然是苦力。蜀道难，难于上青天，空手行走在那崎岖陡险的栈道上，就够把你累个半死，况且还要抬个大活人？所以我每次登山，哪怕再累再疲惫，我也绝不好意思坐滑竿的。

然而在当地，"滑哥"和城里的"的哥"一样，还算是一个体面的职业。怪不得他们的吆喝中气十足了。

从黄龙山脚的海拔 3100 米，到五彩池的海拔 3800 米，需登高 700 米。因高原空气稀薄，登山的人一般都挎着个枕头样的氧气袋，时不时把个管子插进鼻子里吸上几下。我们这个团，真正上去的人还不到一半，我是花了足足两个半小时，咬紧牙关拼上吃奶的力气才挨到目的地的。"滑哥"们抬这段路，汗水砸地啪啪作响，一个个印儿都有铜钱大。要价是 120 元。我问身旁的"滑哥"：你们的收入还不错吧。一个年轻力壮的答：不是都有生意的。赚了钱，得交一半给老板，剩下的两人对分。再说，你们也不肯给足这个数呀。

跑这么趟路，赚二十几元钱，实在也难为他们了。

而更悲怆的却是那些背夫了。黄龙山脚有一个锯板厂，那些又厚又长的大木板是送上山头铺路用的，一块足有 60 斤重。背夫们每次背三块，一个来回只得到 5 元脚力钱。在峨眉山，我们看见背沙子、背水泥的，一背篼湿淋淋的沙子或三包水泥，重量是 150～180 斤，走的是跟黄龙差不多的路程，一趟同样是 5 元钱。他们行走的速度显然比我们快，一天能走四个来回，也就是说，起早贪黑累死累活的，一天只能赚 20 元钱。

我们问：你们为什么不去抬滑竿，那来钱总归是快一点？一个黄脸的汉子道：我们朝中没人，好活哪里轮得到呀！

我看见一个十八九岁的姑娘，长得还算好看，她正用一根拄棍拄着背篼，站在路边休息，红扑扑的双腮沾住一绺绺湿答答的头发。我想起进了城务工的川妹子们，我不知道这位"背姐"还能在这条坎坷的山道上坚持多久；更让人看着心酸的是一个老头子，他须发全白，苍老的脖子上，纵横交叉着极深的沟沟壑壑，他同样地用一根拄棍拄着休息，却扭过头去不看我们，我似乎看到了游人和背夫之间的隔阂，而这位饱经沧桑的老人并不想沟通，或者说他早就明白一切都毫无意义。看他那压弯了的脊梁，那因喘息而耸动的肩膀，我担心他一头栽倒就再也起不来了。

这几座名山的门票价位都不低，每日的客流量又都是以五位数计算的，且一再强调保持原汁原味，不作人工雕琢。应该说，除了修路，开支是相当少的，苦力的待遇，是不是该提高一些呢？

峨眉猴

到峨眉山访问猴子，大人小孩都乐意。

出发前导游再三告诫说：不要去摸猴子的头，让它们抓伤

了打针很麻烦；遇到群猴拦路索食，不要惊慌；带些鸡蛋、水果——听好了，猴子不吃饼干、面包……

我们沿着山道逶迤向上，欣欣然，惕惕然，不知道什么时候斜刺里会跳出一批孙行者的徒子徒孙来，抢走我的提包一阵乱翻，然后扬手抛下悬崖峭壁。

可一路安然寂然，只见古木翳日，只闻流水潺潺。渡水复渡水，攀登再攀登，一个小时过去了，却连一只猢狲的影子也看不见。

于是就向从山上归来的人打听，猴子离我们还有多远。回答却显得暧昧，有的说还要走 40 分钟，有的说一个小时，有的干脆说：哪有什么猴子！可我们不相信也不死心，峨眉山一直被当作《西游记》里的花果山水帘洞，这里没猴子世界上哪里还配有猴子？于是强打起精神继续前进，发誓不见猢狲不回头。到了实在走不动的时候，路边忽然冒出一帮穿着蓝背心的"安全看猴使者"，全是女性，她们一手持着棍棒，一手举着小袋包装的花生米，说只要买她们 4 包花生米，她们保准能帮我们找到猴子。

大家精神为之一振，纷纷慷慨解囊。于是一位"使者"在前面带路，我们在后面跟着，走的其实还是那唯一的山道，曲曲折折上上下下，她走得飞快，我们却跟得艰难，大约半个小时之后，见前面围着一大帮人，喊叫的吹口哨的，知道是已到猴们的世界了。

驻足仰望，半山腰浓密的树丛中，时隐时现着几只大小不等的猴们，好像是一家子的猴爸猴妈猴哥猴姐们，最小的那只在寸步不离地跟着一只大的，大约就是这家的宝宝了。

大家都在呼唤它们，态度友好，甚至还有点讨好。可千呼万唤，它们就是不肯下来。力气大的男人就往上扔吃的，一只大猴傲慢地扭过脑袋，仿佛说，就这么个臭档次还想请本猴爷的客呀。于是游客们纷纷翻自己的包包，净挑好吃的往上扔。那位"看猴使者"也用她那独特的女高音反复呼叫。众人的浅唱低吟终于感动了那只大猴，它想了想，决定给我们一点面子，屈尊下来试试。它挪着个肥硕的大屁股，扭动粗壮的腰身，慢悠悠地踱将下来。好好的馒头饼干，它根本就不屑一顾，只是捡起个熟鸡蛋，很内行地一掰两半，然后叼了蛋黄，把蛋白随手扔了。又捡了些苹果、葡萄、石榴、李子，也是半吃半扔，任意挥霍。

"这是猴子吗？肥得就像熊猫！"我身旁的一个孩子说。

我喟然，峨眉猴被宠坏了。可不是，峨眉山早就是游人比猢狲多，每天都有众多的游客，给它们上贡美味佳肴，猴们怎么不挑肥拣瘦，怎么不弃甘饴厌膏粱？如今，它们一只只脑满肠肥，大腹便便，也许早已患上脂肪肝，高血压，高血脂，高胆固醇症；它们毕竟是跟人类靠得最近的动物啊。

不用为口腹而奔波，不必为生存而搏击，这对于猴子，到底是幸运，还是一种悲哀？

◎ 游客与峨眉猴　李芯 摄

165

俄罗斯掠影

　　作家代表团乘坐的是北京—莫斯科的 5804 次班机。14 点 10 分，波音 777 冲破机场上空浓厚的迷雾，翱翔在丽日蓝天之中。

　　开始飞机是朝北飞翔，约 2 个小时之后，就折往西向航行。正是隆冬的日子，天日极短，不到 17 点，已是暮色苍茫，东边的天空一片灰暗，西边却是几笔大写意的晚霞，绚丽灿烂。飞机追赶着红霞，仿佛竭力不让它们落下去抑或是消散。波音 777 的努力没有白费，一直追到了莫斯科，东边的霞光尚未消尽，而飞机的右翼上，却挑了一弯俏丽的冷月。

　　我们把手表上北京时间 22 点 10 分，拨成莫斯科时间 17 点 10 分。17 点 10 分，不是傍晚是什么？——哈哈，时间果然被追赶回 5 个小时。

亲近莫斯科

　　我们下榻在俄罗斯宾馆。门前就是莫斯科河。12 月 22 日莫斯科气温是 –16℃，整个城市的建筑物、花园、草坪都覆盖在皑皑白雪之中。由于暖气烧得热，穿越城市的莫斯科河就没有结冰，在繁密的灯火照映下波影粼粼，叫人想起那句脍炙人口的歌："小河静静流，微微泛波浪，明月在水面镀银光。"克里姆林宫那颗著名的红星就在我们眼前闪闪发光，而莫斯科城却笼罩在一片陌生的神秘之中。

莫斯科的暖气是国家供应的，因为不必自己掏钱，所以处处热得要命。莫斯科的女人在屋外清一色地穿裘皮大衣。进了屋子脱了外衣，年轻的小姐们只穿薄薄的短衣短裙，有的还穿袒胸露背的太阳裙；年老一点的勤杂工则穿着大圆领口的短裤 T 恤，汗流浃背地在抹桌拖地。而我们带的衣服又格外丰厚，再怎么脱，也不能把羊毛衫脱掉啊。餐厅卫生间暖气管特别密集，上一次厕所，热得我差点儿背过气去。

进了卧室躺在席梦思上，热得翻来覆去像贴烧饼，起来一看温度表，妈呀，整整 30℃！而一只床头灯足有 200W，刺得人睁不开眼睛。我不禁责怪莫斯科的能源浪费，浪费的还有拳头大的硬木钥匙坠儿——一个钥匙要这么个重量级的坠儿做什么？而手掌大的开关座却只安一个琴键开关！

我打开了半扇窗子，让外面的寒风长驱直入，直折腾到房内温度降到 27℃，才算安然入睡。

第二天早晨 9 点多钟，天才徐徐放亮，一切变得明晰起来。克里姆林宫就在眼前，这融合了拜占庭、巴洛克、希腊、罗马和俄罗斯本国风格的建筑异常漂亮，威严高耸的红墙和城垛，错落有致、形状各异的金顶，五颜六色、异象纷呈的塔楼，宽大的、有着穹形窗户和黄白相间外墙的办公大楼，历历入目。隔着俄罗斯宾馆的玻璃窗，我们举起相机咔嚓几下，摄入镜头的除了这座 1156 年建筑的宫殿，还有和宫闱相邻相依的瓦西里升天教堂。

出门了。一路行来，只见整个城市处处铜像矗立，有各个历史时期的最高权力机构的中心人物，如伊凡雷帝、彼得大帝、亚历山大二世、恩格斯、列宁、斯大林；有最伟大、最受俄罗斯人崇拜的诗人普希金，著名作家莱蒙托夫、果戈理、赫尔岑、高尔基、列夫·托尔斯泰、屠格涅夫、陀思妥耶夫斯基、契诃夫、茹可夫斯基和马雅可夫斯基；更有我记不住名字的科学家、史学家、宇航员、战斗英雄；还有一些工、农、兵和艺术家的群雕等。总之，谁为俄罗斯做出了贡献，俄罗斯就要纪念他。铜像雕塑基本上都是现实主义的表现手法，造型准确，线条苍劲，是美与力的结合。导游小姐嘉丽娜说，这些雕塑全是世界上最著名的雕塑家的作品。

红场和克里姆林宫

红场并不大，比我们的天安门广场小多了，长不过500米，宽也就像长安街那样。当年，我们看到电影里的列宁就站在红场的一个台子上，高呼布尔什维克的口号，宣扬着革命的真理，他的身边围着成千上万激动不已、愤怒觉悟的工农群众，让我觉得红场非常宽广非常伟大。

列宁墓就在红场边上的红墙脚下，一个很朴素的花岗岩水泥建筑。门口有两位穿着大衣的军人站岗。墓室里灯光幽暗，墓道三拐四弯，每一个转角处都有年轻战士（或是警察？——我认不得那制服）站着，站相随意放松，并没有刻意地收腹挺胸，却总是将食指竖在嘴上，一次次地提示人们肃静。

列宁的遗体保存得很好，肤色光鲜滋润，脸相安然宁静，看起来比逝世时的实际年龄要年轻一些。他就那么静静地躺着，像一个健康的人睡熟了一样。嘉丽娜小姐说，当年为了保存列宁遗体，专门成立了一个"遗体科学院"，挑选政治上最可靠、业务上最精良的科学技术人员参加。任务完成了，这批人也就失业了。"二战"期间，列宁的遗体被转移到莫斯科地铁的一个绝密的地下室里，遗体科学院的人也因此被隔离了整整两年。苏联人把希特勒打跑后，才将列宁的遗体安全运回原处。

附近还有烈士墓，厚厚的积雪被扫得光光的，墓上放着钢盔和战旗，还有扫墓者献上的花束和花篮。墓体并不凸出地面，卧着的大理石墓碑上刻的是每一个省份的名字。为纪念烈士的不

◎ 克里姆林宫　佚名 摄

◎ 克里姆林宫里的大钟　章友棣 摄

朽，一炬圣火庄严、永恒地燃烧着。两个荷枪的士兵穿着厚厚的呢子大衣（这是我们在俄罗斯唯一一次看到荷枪的），挺立在鹅毛大雪之中。

过了护城河的桥，就进了克里姆林宫的大门。克里姆林宫是个可以随便旅游观光的地方，和我们先后进去的还有韩国人、日本人、美国人，也没人检查我们的衣着和包裹。我们在宫殿、教堂里徘徊，在战炮、大钟、铜像边徜徉，完全没人干涉，也没有虎视眈眈的目光。叶利钦的办公大楼是幢黄白相间的二层楼房，房顶上飘扬着俄罗斯的三色旗。大家举着照相机拍过来拍过去，也没有人来阻止我们，一位同行就试探性地抬脚准备步入老叶的办公厅，这时候从楼里出来一个胖胖的警察，和蔼地摆手挡了驾。于是就有人说：他们的克格勃厉害着呢，我们的一举一动，都被他们监控着呢！

红场和克里姆林宫门口有乞丐，也有鬼鬼祟祟倒腾邮票的家伙。一个衣着整洁的十来岁的男孩儿，向我伸出一只干干净净的手，他明澈的双眸里没有一丝卑怯、讨好和隐藏起来的憎恨和冷漠，有的只是一个无忧无虑的孩子在向一个疼爱他的长辈要零花钱的娇憨。我给了他一美元，他那漂亮的脸上露出了灿烂的笑容，我们亲热地相挽着合了影。

红场的拐角处，一个穿着袖口磨损的裘皮大衣的中年女人一边做针线，一边带着她那轮椅里的残疾儿子在要求施舍，她的神态安详而平静，儿子和她都收拾得清清爽爽的。此刻我面前的一个老年妇女已经站不住了，只能躺在冰天雪地里呻吟求告。我的心往下一沉，出国前在《钱江晚报》上看到莫斯科冻死多少人多少人，想来就是这些贫病交迫的可怜人儿了。

寻踪列夫·托尔斯泰

我们去图拉是为了寻踪列夫·托尔斯泰。托翁的出生地在莫斯科南面160千米处。俄罗斯的幅员真够辽阔的，笔直笔直的公路两边，不是广袤无垠、大雪覆盖的田野，就是无边无际的、落光了叶子又被白雪粉刷得圣洁无瑕的白桦林。这天天气很好，白桦树下的野茴香的枯枝上，被太阳晒化的雪水珠儿一颗颗清晰可辨，每一颗水珠都折射着刺目的光芒。粗厚木板钉就的农舍，开着一两个窗口，人字形屋顶的夹角很小，烟囱里有袅袅的炊烟，雪地里有跑着的卷尾巴狗。由于田野的辽阔和白桦林的高大，星星点点的村舍像极了童话里的小木屋。

图拉临奥卡河支流乌帕河，是图拉州的行政中心，同时也是俄罗斯的战争要塞。这里有大型兵工、钢铁、机械、化工基地，有煤矿研究所和兵器博物馆。穿过了图拉城，我们向心仪已久的列夫·托尔斯泰故居雅思纳亚·波利亚纳奔去。

汽车在一个森林边缘停住。这里便是托翁故居的大门口了。踩着被车辆碾轧得又硬又滑的积雪，我们进入了一座孤零零的大门——唯有一个简陋的大门而已，其他的建筑似乎全被树木替代了。托翁的祖上立过大功，皇封庄园的面积是360平方千米。

一路行去，高高密密的白桦林无边无际，托尔斯泰当年亲手参与栽种的、一直修剪得极好的苹果林无垠的地展出去，不知何处是尽头，还有亭亭华盖的雪松，勃勃横枝的云杉，在冰雪的掩映下显得格外壮观。我们沿着人家踩出来的雪道前进。周遭清寂静谧，只听到衣服摩擦的窸窣声和足踩积雪的吱吱声。空气极其清新，偶尔有寒鸦从林子上空飞过，发出一两声瘆人的鸣叫。树林深处，有淡淡的炊烟和遥遥的狗吠声。

导游嘉丽娜小姐说，当年托家有700多个农奴，如今他们的后代仍住在庄园里，只是不知道繁衍到多少人口了。我们举目四望，只见树高林密，且枝枝相覆盖，叶叶相交通，想寻找那些农民和农舍，真有点"云深不知处"了。

◎ 列夫·托尔斯泰 列宾 作

偌大个林子，没见一个砍伐过的残墩，没有一点火烧的痕迹，甚至找不到一根随便丢弃的枯枝。我想，这一方面要感谢勤劳的庄园农民，他们把林子收拾得如此漂亮，另一方面也要感谢俄国人民，战争也罢，政权更迭也罢，谁也没有跟大自然过不去，谁也不会拿森林和树木撒气。这体现了一个国家的国民素质，同时也证明了俄国人民对托尔斯泰这位作家、政治思想家、改革家的尊重和爱戴。

我们紧紧地跟着向导在密林中穿行，一点也不敢分心，因为一掉队，我们就会在林中迷失方向。路边出现了个大约10亩面积的结了冰的池塘，冰面干净清洁，没有丁点草屑和枯叶。有人

在冰面上砸了个洞在钓鱼，我们赶忙下去看看，从此明白什么叫"冰冻三尺"；两个十一二岁的男孩用娴熟优雅的姿势在滑冰。

走了好久，林子里终于出现了一座孤寂的楼房，两层，看着小小的，数数却有八九间，这就是托尔斯泰的故居了。当时托翁有13个孩子，后来住不下了，就在此房的西侧盖了座很简朴的玩具般的小木楼。木楼的外栏粗粗地雕镂了许多小动物，据说是托尔斯泰的"亲笔"。

因为庄园太大，这木屋就显得很小。可是一进去，却也有客厅，书房，大、小餐厅，大、小卧室，大餐厅里摆着两架钢琴，一架是托翁自己的，另一架是他夫人的。四周墙壁上，挂着他家人的肖像油画。书架很多，好几个房里都有。书房的茶几上有一架留声机，一个木盒里珍藏着托翁的录音带。简朴的写字台上有

◎ 在托尔斯泰故居　杨东标　摄

一盏那个年代的高脚美孚灯，托翁就是在这油烟袅袅的煤油灯下完成他的《战争与和平》《安娜·卡列尼娜》和《复活》等一部部不朽之作的。

1910 年 11 月，日益恶化的家庭关系迫使 83 岁高龄的托尔斯泰在一个寒夜里离家出走。几天后他患了肺炎，在梁赞省偏僻的、风雪交加的阿斯塔波沃车站与世长辞。

童年的托尔斯泰曾和哥哥玩过这么个游戏：他们用小木棍在林子里插了一个长方形的"墓地"，说自己以后死了就葬在这里。托翁谢世后，家人就依照他小时候的意愿，将他葬在白桦林的深处。

我们沿着曲径来到这个世界上最简陋的墓穴旁边，除了一个用雪拍的高出地面尺把高的、冻得坚硬的"雪棺材"，就再也没有别的什么了。倒是应了臧克家那首诗：有的人活着，可是他已经死了；有的人死了，其实他还活着。有的人，把名字刻在石头上想不朽，可是他的名字烂得比尸体还早……

托翁的墓是最寒酸的，寒酸得连最粗糙最简单的墓碑都没有；托翁的墓又是最奢华的，因为有 360 平方千米的森林做他的背景，还有全世界千千万万的读者岁岁年年的缅怀。

普希金故居

在俄罗斯我们看到两处普希金故居。莫斯科那处是普希金暂借的婚房，婚后他们就搬到圣彼得堡去了。普希金没有自己的房产，这幢坐落在沙皇冬宫西侧的房子是他的一个贵族朋友的。俄

罗斯的房子总是非常庞大，通常都是两层楼，而朋友借给他的仅仅有三四间。这三四间房子却是普希金创作鼎盛时期的生活、生儿育女的地方，同时也是他与世长辞的地点。

故居尽力保持着原貌。餐厅、客厅都不大，卧室里摆着的是单人床，床很小，比我们旅馆里的单人沙发还要窄得多。我们在列夫·托尔斯泰、契诃夫等家里看到的也是这种床，我们都惊诧俄罗斯人是怎么睡觉的。

最大的房间是书房，除了前面有一条通道，其余三面从地面到屋顶全被书占领了。由于年代久远，书和书架都成了暗红色，透着一种悲凉，一种沧桑。写字台上留着普希金尚未完成的诗稿，插着和卧着的几支鹅毛笔，还有一个干涸了的墨水瓶；旁边摆放着他涂鸦的自画像，再就是在他弥留之际来看望他的朋友所留的字条，还有医生的病情记录本。

墙上挂着一幅尺寸不大的油画，那是一幅大家都熟悉的普希金肖像：睿智的目光，随意的头发，卷曲的连鬓胡子。导游康斯嘉先生说，普希金身上的阿拉伯血统使他有点自卑，他不喜欢别人给他画像，一辈子就只被画过两次。

写字台旁边是一张躺椅，普希金生前就在这张躺椅上写作——或坐着，更多的时候却是躺着，他喜欢躺着写作；最后，他也在这张躺椅上永远地闭上了双眸。

众所周知，1829—1836年，普希金的创作达到了登峰造极的地步。他的作品富有崇高的思想，强调公民的责任感，充满肯定生活的气势。他深信理智必能战胜偏见，光明必能战胜黑暗，人类的博爱必能战胜奴役和压迫，因而在全世界引起共鸣。他的作品被翻译成世界所有主要的文字。它们不但最有力地表达了俄国人民的意识，而且具有超越民族障碍的力量和鼓舞世界人民的作用。

不幸的是，普希金那美貌、无知的太太并不理解丈夫的事业。康先生说，当时她正跟法国侨民、一个小军官乔治·丹特斯男爵"恋爱"——我们的翻译用了这么个叫人感到别扭的词儿。

夫妻间的反感和不理解，有时会比毒药更伤害人。

普希金给太太念他的新诗，太太用双手掩着耳朵歇斯底里地嚷嚷：天哪！普希金，你

◎ 普希金雕像

干吗净拿这些无聊的东西来折磨我！

普希金有四个孩子，当时最大的 5 岁，最小的才 8 个月。不知这位父亲是否死得瞑目？

据说圣彼得堡倾城而出为他送葬，十里长街，万人哀恸。扶柩的是他的好友屠格涅夫。

盛大的葬礼竟引起了当局的恐慌和警惕。

愤怒在冬宫

圣彼得堡的导游康斯嘉用流利的汉语说："莫斯科有什么好看的！"听那口气，就是说圣彼得堡值得看的东西实在太多了。

冬宫和夏宫是极其相似的姊妹宫，属巴洛克建筑。宫殿前面有各种各样的喷泉、弯弯曲曲的水渠、幽静的池塘、漂亮的亭子和美妙的雕塑。

冬宫是俄罗斯最大的宫殿，位于涅瓦河边圣彼得堡城里，而夏宫则稍小，坐落在圣彼得堡西面80公里处的芬兰湾南岸。夏宫又叫彼得宫，是沙皇休闲避暑的离宫。

冬宫始建成于18世纪中期的叶卡捷琳娜年代，是意大利最著名建筑师的作品。五个殿宇，三层楼房，长达200米的门面。天蓝色的屋顶，白色的立柱，金黄色的窗穹和柱衬；屋顶四周有几百个或立、或蹲、或伸、或屈、或俯、或仰的人像雕塑，千姿百态，栩栩如生。

进门，上楼，你立即就体会到什么叫金碧辉煌，什么叫富丽堂皇。重叠柱，波浪形内墙，天然色彩的拼花地板，透视深远的壁画，姿态夸张的浮雕，配置奇妙的吊灯、壁灯；连楼梯的栏杆都雕镂得精美绝伦，镀上真正的黄金。整个宫殿显得庄严、神秘和穷奢极侈。

冬宫、夏宫现在都是博物院，大大小小的宫室里，陈列着稀世文物、最优秀的艺术品和价值连城的奇珍异宝。达·芬奇现实主义油画作品，毕加索的现代派作品，米开朗琪罗的雕塑；波斯壁毯，从世界各地采集来的、重达几吨几十吨的纹理奇特、色泽艳丽、硕大无朋的大理石缸、盆、瓶、甑；不同时期的盔甲、兵器；土耳其的棺材，撒哈拉的木乃伊；还有中国的织锦、绣品、脱胎漆器、景泰蓝、陶器瓷器，还有堪与《清明上河图》媲美的国画长卷《乡村习俗图》；整个就是世界大文化宝库。

至于大批珍宝，则藏在地下密室里。当初建造宫殿时，叶卡捷琳娜二世专制地说："只有我和密室的老鼠才可以看得到宝物。"女沙皇早就死了，宝物却终归是一件也带不走的。康斯嘉先生曾经骄傲地对我们说：冬宫里的珍宝，假如一件让你看一分钟，你得看九年。天哪，这是个什么样的天文数字啊？

俄罗斯的历史仅仅一千多年，而莫斯科只有八百余年，圣彼得堡还不到三百年。在这么短的时间里，他们居然聚集了这么多的好东西！而后来政权的更迭，战火的燃烧，可他们的宝贝没有丢，一件也没有丢。我们看到夏宫被德国法西斯炮击后的照片：

© 冬宫 章友棣 摄

整个宫殿被夷为平地，只剩下一小截焦黑的残壁断垣，那惨不忍睹的情景至少可以和我们的圆明园相提并论。可是苏维埃政权在国土沦陷之前，早把国宝安全转移了。而战后六七年时间，他们就在废墟上恢复出个一模一样的夏宫来。

我们的圆明园却仍然用自己的满目疮痍来控诉那一段强暴和耻辱，而我们五千年文明、文化的积淀，我们丰硕的艺术品和珍宝又哪儿去了呢？我浏览过十三陵的文物，也观赏过故宫的珍宝，我们的国宝哪里去了？被八国联军烧了、砸了、抢走了；被腐败的清王朝输掉赔偿掉了；被贪官污吏巧取豪夺、中饱私囊了；被死去的帝王将相、达官贵人带到坟墓里去了。

我们愤怒了。看着冬宫里琳琅满目的宝物，看着摆在那里的我们中国的瑰宝，心想，这些也许就是当年入侵我国的十七万帝俄骑兵掠夺走的！我们能不震惊、能不痛心疾首吗？

俄罗斯套娃

那一年我初到海门，踏进婆家的门槛。

婆婆屋里有个洋娃娃。圆圆的脑袋，胖胖的身体，有点像不倒翁，也有点像大头阿福，但绝对不是阿福和不倒翁。娃娃的外表漆着大红的底色，彩绘着各色各样的人物，还有白桦树、小木屋、雪橇和卷尾巴狗，一派异域风情。

我拿起了她，确定她是木头做的，但一点都不重。晃晃，有咕咚咕咚的声响。仔细一看，娃娃的腰部有条细细的缝隙，原来她是由上下两部分组成的。我旋转了一下，开了，里面冒出个一模一样的洋娃娃，再旋转一下，里面又冒出一个，就这么一直旋下去，由大到小五个娃娃就出现在我的面前了。

婆婆说，这叫俄罗斯套娃，是她女婿从苏联带回来的。我听先生说过，他的姐夫是 50 年代的公派留苏学生，回国后就参加了大庆油田的开发建设，和同在油田工作的姐姐结了婚。当时大庆油田的生活相当艰苦，几乎没有婴幼儿的生活条件，所以他们的儿子就生在海门，由我婆婆抚养。

我让这五个娃娃一会儿站成横队，一会儿站成纵队。她们一律裹着厚厚的头巾，一律张着大大的眼睛，嘴唇红红的，带着微笑，活像一母同胞的五姐妹。

当时我们正热衷俄罗斯歌谣。其中一首是这样唱的：

集体农庄有位挤奶的老妈妈

她的名字叫华尔华拉

命名日，大小女儿都来拜访她

欢欢喜喜她们做客回娘家

啊这位老妈妈

真正是福气大

来了五个亲生女儿五朵花

老大叫娜莎

老二叫塔莎

奥里卡沃琳卡

阿娜诺西卡

最可爱的小女儿年纪还只

十七八

　　我反复哼哼着，不停地把娃娃们摆弄来摆弄去。三岁的小外甥不高兴了，说：我的！婆婆赶忙过来，说，当然是你的！于是她把套娃一一归好，拿走了。

　　我有点恋恋不舍，因为我还来不及破译套娃身上的故事呢。又自嘲一个新娘子，抢小外甥东西玩，成何体统？于是自律起来，再也不碰这个玩意儿了。

　　没多久我听到了关于套娃的故事：说一对从小就失去父母的兄妹相依为命。妹妹在一次牧羊途中遭遇暴风雪失踪了。哥哥找妹泪花流，可妹妹却从这个世上消失了。哥哥思妹心切，就用白桦树刻了一个妹妹模样的女孩，时刻带在身边。以后每过一年，哥哥认为妹妹应该长大了些，就再刻一个大些的女孩，就这样年复一年，女孩越刻越多，这小伙子就把她们一个个套在一起……

　　故事很凄美，流传也很广泛，套娃也慢慢地演变成为俄罗斯传统工艺品。随着年代的推移，套娃的做工越来越精致，绘图越来越精彩，表达的内容也越来越丰富。

　　我非常希望能拥有一个俄罗斯套娃。可是当时中苏交恶，"老大哥"从我国撤走了专家和技术，姐夫也不再有到苏联的机会，套娃就成了一个遥遥无期的梦，深深地贮存在我的脑海里。

　　三十年后，我随作家代表团访问俄罗斯。在十天的旅程中，我们行走在莫斯科、圣彼得堡、图拉等城市，参观了冬宫、夏宫和众多的名人故居，欣赏了精湛的雕塑和美妙绝伦的芭蕾舞。那一天在莫斯科山，我看见不少俄罗斯人在兜售套娃，我马上被吸引了，这时候我能够读懂套娃上的故事了，它们有《七色花》，有《熊和狐狸》，有《森林里的住宅》，有《渔夫和金鱼的故事》等，总之，每一个套娃上都绘着喜闻乐见的俄罗斯童话故事。我一下买了五个套娃，装在一塑料袋里提着。俄罗斯到处是白桦林，白桦树是一种细腻、轻巧又白净的木料，做套娃正好，试想如果是一般杂木做的，五个套娃岂不连塑料袋都要被坠破了吗？

　　导游小姐娜斯佳对我们说："这地摊货，质量不好，下午我带你们到正规商店去，那儿的货物才是精品呢。"

　　中饭后，娜斯佳带领我们直奔一个大商场，那里的商品琳琅满目应有尽有。同伴们有买裘皮大衣买头巾的，有买油画买伏特加的，还有买俄罗斯纪念邮票的。我却一门心思去访问套娃。这里的套娃真多啊，她们有 10 个套的，20 个套的，最多的一个是 32 个套的，排在一起浩浩荡荡，像一支正在行进的娘子军。

　　不怕不识货，只怕货比货，这里的套娃比起上午的地摊货，的确不能同日而语，价格也惊人，像那 32 套的，折合成人民币要 2000 多元，10 个套的也都要 200 ～ 300 元，最贵的一个要 500 元。我咬咬牙，一口气又买了 5 套。肥硕的俄罗斯售货员一边为

我的大件装盒，一边笑容满面地又搬出一大堆套娃来，动员我多买几个回国送人。我赶忙摆手说，够了够了，我的钱包也空了。

我的旅行箱成了托儿所的床铺，躺满了俄罗斯姑娘。回国之后，我得意扬扬地把这些套娃分别送人。最昂贵的那个，当然送给一位我认为最该送的人。几天后，那人悄悄地对我说，这样的东西，是我们黄岩宁溪山里生产的。

我像被打了一闷棍，天哪，看我有多傻啊，千里迢迢，花那么多钱，竟然背回了一堆本地产品！

我纠结了。过了好些日子，我才回过神来，去仔细检索我的套娃。别说那精湛的工艺了，也别说俄罗斯文化和俄罗斯风情了，就看那细腻轻巧、洁白无瑕的白桦木，我想问问内行人，我们南方的宁溪山里有白桦林吗？

西欧漫记

　　一辆乘坐十多人的面包车，载着我们在西欧各国之间穿行。司机兼做导游的是一位来自我们东北的小伙子，他是来西欧留学兼打工的。

　　在西欧走路比在国内方便多了，从此国去彼国，没有一个关卡，到了每一道国境线，都不必停下车来出示什么证件，更不用缴纳什么过路费过桥费。路上无事，我们就唱歌，把老歌新歌全唱了一遍。我们就这样一路高歌，一路观赏。走过的国家和景点太多，印象反倒分散了，能记住并写出来的，仅下面寥寥几篇。

巴黎凯旋门

　　凯旋门坐落于巴黎西北面戴高乐星形广场中央，所以也称星形广场凯旋门。

　　我们的司机兼导游习惯一边开车，一边介绍将去景点的情况。他说，凯旋门是拿破仑年代打造的，从1806年到1836年，整整忙乎了30年才完工。

　　对于拿破仑，我了解得不多。只知道他曾是个叱咤风云的

人物，是欧洲历史上最伟大的四大军事统帅之一。他曾当过法兰西第一帝国皇帝，也担任过意大利国王。这凯旋门，是他从奥斯特利茨战役中打败了奥俄联军，为炫耀自己的赫赫战功而建筑的。

面包车停在星形广场的外围。下得车来，我们一面步行着向凯旋门走去，一面远远地打量着这个伟大建筑。从景点介绍册上看，它高 48.8 米，宽 44.5 米，厚 22.21 米，中心拱门宽 14.6 米，可供小型飞机通过。

我不懂飞机，更不懂飞行。只是傻傻地想，飞机应该侧着翅膀飞，这样至少可以减少机翼触及门壁的危险。

步近了凯旋门，我才看清凯旋门并不只有一个拱门，它的两个侧面，还同时有两个较小的拱门。就是说，它四面有门，四面贯通。抚摸着这冰冷的石材建筑，我绕凯旋门一周。它前后两面的外墙上，镶嵌着四幅巨大的大理石人物浮雕。随着我的目光上移，我发现门的上半部，又是四幅较小的人物组雕。导游说，这些作品都取材于 1792—1815 年法国的战争史。人物栩栩如生，画面精美绝伦；连顶部作为檐额的图案，也是由几百个和真人同样比例的人物雕塑组成。人物组雕和门楣上的花饰浮雕上下呼应，一气呵成。

前后四幅巨大的人物组雕，分别题名为《抵抗》《和平》《胜利》和《马赛曲》。根据法国国歌《马赛曲》的精髓创作的那幅面向香榭丽舍大街的浮雕，是著名雕刻家弗朗索瓦·吕德设计的作品，是世界美术史上一件地位极高的艺术品。

我们从大大小小的拱门内穿越，我发现拱门的内壁，同样布满了人物雕塑。他们或手执长矛，或胸护金盾，或大步冲锋，或挥手呐喊，形象逼真，惟妙惟肖。

拱门的内侧墙面上，还刻有跟随拿破仑远征的286名将军的名字。我仿佛看到，那些鲜活的生命，在刀光剑影中怎样地鲜血迸溅，一个个倒下去的。

凯旋门内设有电梯，可直达顶部。我们没坐电梯，而是沿着273级螺旋形石梯，拾级而上。一口气走完那么多的台阶，有点热，我们站在楼顶，感凉风飕飕。顶楼有一个小型历史博物馆，我们迈了进去。里面陈列着有关凯旋门建筑史料和一些有关战争的文献。我们看到了拿破仑的许多图片，这人其实是挺英俊的，尤其在横刀立马的时候，简直英气勃勃。传说中拿破仑是个矮子，但是导游说不然，说拿破仑的身高跟他一样，一米七。

还有两间电影放映室，正在放映着资料片，用英、法两种语言分别说着解说词。

我们登上博物馆顶部的平台。居高临下，导游指着，让我们看巴黎圣母院、协和广场的卢克索方尖碑和圣心教堂。我们还清楚地看到凯旋门下面的环形大街。以这个环形大街为中心，有十二条大街向四面八方放射出去，这颇像一颗明星放射出的灿烂光芒；我想，怪不得凯旋门又有"星门"之称。这十二条大街，又被密密麻麻的小街给围了起来，看起来像极了一个蛛网，而凯

◎ 凯旋门香榭丽舍大街　章友隶 摄

追鸿笔记 >>>

旋门则像一只威武的蜘蛛，傲然独立在网络的中央。

十二条大街的树都着了霜，红红黄黄，也夹杂着些绿，它们像一条条彩绸，牵向四面八方。

下了凯旋门，我们看到一个无名战士墓。导游说，那墓是1920年建造的。我看那墓，和欧洲许多地方的坟墓一样，平平的，上面嵌着红色的墓志："这里安息着为国牺牲的法国军人。"导游说，墓中埋葬的是一位在第一次世界大战中牺牲的无名战士，虽然只有一名战士，却代表着大战中死难的150万法国官兵。我的心里有点沉重，想，这真是一将成名万骨朽啊。

导游还介绍说，每逢节日，就有一面法国国旗从凯旋门上垂挂下来，在无名烈士墓上空迎风飘扬。逢重大节日，则有一名身着拿破仑时代戎装的战士，手持劈刀，守卫在《马赛曲》雕像前。每年的7月14日法国欢度国庆时，历任的法国总统都要从凯旋门内通过；每位总统在其卸任的前一天，也要来此向无名烈士墓献上一束鲜花。

凯旋门还有一道奇特的景观：每当拿破仑忌日的黄昏，站在香榭丽舍大道向西望去，一团血色夕阳，正好衔在凯旋门的拱形门的"口中"，把凯旋门照得金碧辉煌。

埃菲尔铁塔

"如果不去埃菲尔铁塔，这趟法国你算是白去了。"在出国之前，有朋友如是说。于是我查了查资料，得知埃菲尔铁塔坐落在巴黎的战神广场上。它始建于1887年年初，竣工于1889年3

月 31 日。它占地 10000 平方米，塔身高 300 米，再加上 24 米高的天线，总高度应该是 324 米。

我们抵达埃菲尔铁塔，是这天下午一点钟左右。当时的游客摩肩接踵，熙熙攘攘。因为找不着车位，我们的司机导游把我们往路边一扔，说好了五点钟回到这里接我们，就到别处去了。我们只得亲自去排队，苦苦地等了一个多小时，才买得着门票。

从外观来看，埃菲尔铁塔就是个用钢管铆起来的空架子，瘦骨嶙峋的。同行中有位先生已经是第三次到这个城市了，我就叫他"老巴黎"。老巴黎说，你别以为它只是个钢架，你看看它的四只角，每一只角都能容纳两台像大巴那么大的缆车对开。

在等待缆车的空当，我们远远地打量着这个巨大的铁塔。这个金属建筑物共三层。老巴黎说第一层的高度是 57.6 米。我看这第一层，颇像一头顽固的、把腿深深扎进地球的巨兽。大概是太大的缘故，看起来它好像根本没那么高。

老巴黎说，第二层和第三层的高度分别是 115.7 米和 276.1 米。我看这第二层，同样由"四条腿"结合而成，只是稍稍有点收拢。到了第三层的半腰，四只角才逐渐合并在一起，然后挺拔地矗向苍穹。

老巴黎告诉我，埃菲尔铁塔是由 12000 个金属部件、259 万只铆钉组合而成，所用的钢铁是 7000 吨。这个数字令我咋舌。老巴黎还补充说，这么个重量级的建筑，因为合理的力学分配，对地面的压强，却只有一个正常的成年人坐在椅子上那么大。天哪，这太让人不可思议了。

据说埃菲尔铁塔初建时，曾遭到一些人尖刻的批评和激烈的反对，他们抱怨这座铁塔将是一根巨大的黑烟囱，不但毫无美

© 埃菲尔铁塔 章友棣 摄

感，还破坏了巴黎的城市形象。但是我们看埃菲尔铁塔，它造型峻峭，线条流畅，是世界所有的铁塔里最壮美的一个。它从上到下的四个面，是由梭形的或米字形的钢架铆成；一层的四只角，有四条美丽的拱桥互相连接，上面缀以梅花形和凤尾形的装饰。铁塔的背景是蔚蓝色的天空和缓缓移动的白云，映照得这个建筑更加美不胜收。

铁塔底座的四面，铭刻了 72 个科学家的名字。

该登塔了。老巴黎说，埃菲尔铁塔共有 1711 级钢铁台阶。他征求大家的意见，是徒步上塔还是坐缆车。我看见一些年轻游客，不用商量已经虎虎生风地从我们身边挤过，三步并作两步快速向上了，一边鼓噪说，徒步登塔才能从不同高度和不同角度欣赏巴黎风景。可是我们这个团的人员年纪偏大，有人说，昨天凯旋门的 273 级已让人腿肚子发硬发疼。也有人说，我有恐高症！我们自嘲说"一帮养尊处优的腐败分子"，一齐把身体交给了缆车。

在缆车里，我们一面观光一面闲聊。有人说，埃菲尔铁塔的设计者是法国建筑师古斯塔夫·埃菲尔。这位旱桥专家一生中杰作累累，但使他名扬四海的还是这以他名字命名的铁塔。用他自己的话说："埃菲尔铁塔把我给淹没了，好像我一生只建造了她。"

也有人说，当初法国政府虽然决定建造一座世界最高的大铁塔，但只提供了 1/5 的资金。为筹集资金，埃菲尔曾将他的建筑公司和全部财产都抵押给银行。

缆车咕噜咕噜的，一会儿就上了一楼。一楼有宽敞的餐厅和酒吧，游客们坐在那里，悠闲自得地聊天品酒。我们不想饮酒，就出了餐厅继续又坐缆车，到了二楼。站在 115.7 米高度往下望，

汽车像一些移动的火柴盒子，人也小得如同蝼蚁了。

最后，电梯把我们带到了 276.1 米高度的三楼。三楼有观景台，还配备了多架望远镜，可以 360 度地欣赏巴黎全景。也有幻灯片在介绍巴黎和铁塔的情况。我们没租望远镜，只是用肉眼远眺巴黎城及近郊的秋色，就有了"寥廓江天万里霜"的感觉。向西看，见红日西坠，天边被涂得灿烂无比。风挺大，我的围巾在巴黎的晚风中犹如金蛇狂舞，啪啪作响。

我想起埃菲尔曾经的宣称："法兰西将是全世界唯一将国旗悬挂在三百米高空中的国家。"他的确做到了。

下得塔来，巴黎已是华灯初上，城市仿佛一下子繁华起来。我们步行到导游指定的停车点。一路上，我依依不舍地回望埃菲尔铁塔，塔身的灯光，让铁塔在夜幕中流光溢彩，光怪陆离，犹如神话世界。而巴黎城远远近近高高低低的灯光，则像众星捧月般地捧着埃菲尔铁塔。

布鲁塞尔风景

我们来到比利时王国的首都——布鲁塞尔。

大广场是布鲁塞尔市的中心，雨果称其为"世界上最美丽的广场"。广场长 110 米，宽 68 米，地面全用一块块方形石板铺砌而成，十分古朴。广场中的喷泉缥缈，在风的作用下，像古典美女在翩翩起舞。虽是初冬，但各色鲜花还在花坛里竞相开放，几只鸽子在安详地踱步觅食，游人们在寻找各种角度拍照留念。

导游说，早在 6 世纪时，此地就开始建设城堡。15 世纪这儿曾为勃艮第公国的行政中心之一，1815—1830 年，布鲁塞尔和海牙同为荷兰首都，1830 年比利时独立，才把首都定在这布鲁塞尔。18 世纪，他们进行了大规模的城市规划建设，使得这个城市统一、整齐、华贵与美观。20 世纪开始，法国、意大利、荷兰、德国、英国、西班牙和美洲的移民大量拥入布鲁塞尔，使得这个城市更加繁荣和国际化。现在，欧洲联盟和北大西洋公约组织总部都设在这里。

但是布鲁塞尔的建筑明显旧了，无论是市政厅大楼、五十年宫、比利时皇宫、王储宫；还是那历史博物馆、哥特式教堂，都旧旧的。不过那挺拔的大理石柱子，石窗花格，尖塔和屋顶上的雕塑，都显示着曾经的富丽堂皇和永恒的高贵。

欧洲许多城市都是这样——老。然而老城有老城的好处，它们一般都很恬静，它们不会车水马龙，不会尘土飞扬。而百姓们也都闲适而从容，看不到急匆匆的身影和焦躁的面孔。

布鲁塞尔的街道非常窄小，店铺也小巧玲珑，货架上的物品却琳琅满目，有精致的花边、华丽的地毯、精美的手提袋和造型别致的工艺品。店员们也很悠闲，他们并不着急忙慌地兜售他们的货物，仿佛生意好坏和他们无关；或者说，他们都很知足，他们一点也不指望买卖来养家糊口，开着店铺只为了打发时光而已。兜了一圈，我们什么也没买，觉得怪对不住人家的。导游说，这里的巧克力味道不错。于是我们都买了些尝尝，果然，巧克力味道纯正，香气扑鼻。

不知什么时候，广场的一角，多了一辆轮椅。

坐在车上的是个瘦弱的老头，七十岁模样，推车的是个小伙子，二十六七的年纪。他们都是黄种人，装束朴素，表情恬淡。一位金发碧眼的游客打着手势问："To come from where（从哪儿

○ 比利时秋色 章友樣 摄

来）？"一般来说，西方人辨别不了中国、日本和韩国人种。小伙子用生硬的英语答："China，Chinese（中国，中国人）。"

一股暖流从我的心里涌起，亲切之情油然而生。中国人，极平常的三个字，在这异国他乡，在这个世界闻名的广场上，听起来有点荡气回肠。我们向那张轮椅靠近，颇感兴趣地和他们聊了起来，得知他们是父子俩，从北京来的。我问那小伙子，是在这儿留学、做生意、还是移民。回答都是否定的，他说他只是带着瘫痪的父亲，来看看外面世界的。

我们都被感动了，深深地感动了。昨天我在法国上洗手间时，给了那个男服务生半个法郎的小费，那个侍者对着我鞠了个90度的躬，讨好地说："沙扬那拉！"我呆了一下，觉得几分好笑，几分生气，这个侍者，他也太小看中国人了，好像能给他小费的黄种人只有日本人。而在这布鲁塞尔广场上，面对我们首都来的这对父子，面对着这个有着传统文化美德的中国孝子，我们肃然起敬。

心情变得出奇地好，我们一致认为，在最美丽的广场上，大家看到了最美丽的一道风景。

比利时尿童

我们转到了埃杜弗小巷，发现一座和真人同样比例的铜像，这座特殊的铜像让所有的游客忍俊不禁。这是个八九岁模样的小男孩的造型，卷发，大眼睛，光身光屁股。他挺起个肚子，一手叉腰，一手把着小鸡鸡，骄傲地朝着大家撒尿呢，撒出的"尿液"落在前面的小池子里，哗然有声。这就是驰名世界的"布鲁塞尔第一公民"小于廉的光辉形象。

他就这么撒着，孜孜不倦地撒着。所谓的尿液，是一家啤酒厂提供的啤酒。我们站在那里，被淡淡的酒香包围着。

传说在反侵略战争期间的一天，比利时人把侵略者赶出了布鲁塞尔。当晚人们在狂欢庆祝胜利，他们游行，唱歌，喝酒，闹到半夜，才沉沉地睡去了。凌晨，被赶往城外的敌人杀死了哨兵，把一车车的炸药运到了广场上，堆放在市政厅大楼下面，并点着了导火索，企图将城市夷为平地。一个名叫小于廉的小男孩当晚喝了太多的饮料，被尿憋醒了，他开门出来撒尿时，发现了火星直冒的导火索。小威廉并没有慌乱，而是勇敢地把一大泡尿撒在火苗上，引信被浇灭了，城市保全了，布鲁塞尔人免除了一场天大的灾难。人民为纪念这位小英雄，而塑了这尊铜像。

我想，英雄不在于年龄，我们中国的抗日小英雄雨来，才十一二岁，和同样年龄的一帮赤条条光屁股的孩子，把日本人一个排的枪支全弄走了，被夸赞为"有志不在年高"的小英雄；英雄与豪言壮语无关，像台州14岁的男孩范松林，救起了体重是他一倍的成年溺水

◎ 比利时尿童　佚名 摄

者，被人们誉为"真正的男子汉"。当人们问他救人有什么感想时，他说，什么都没想。

他们在紧急关头挺身而出是自然的，并没想到当英雄。

世界各国的人民都喜欢这个了不起的尿童。他不是光着身子吗？因此所有的国家元首来拜访他时，都给他带来一套他们本国的服装。我们观看尿童两旁的橱窗，那里整整齐齐地排列着800套不同国家的服装。小于廉成为全地球服装最多的孩子！

我对着撒尿的小于廉默默祝福：亲爱的孩子，你撒吧，永远地撒下去。让你伟大的尿液，浇灭全世界所有的战火吧。

法兰克福幽灵

法兰克福是全球五大金融城市之一，也是世界十佳城市之一。她位于德国的西南部，莱茵河支流美因河悄悄地从它旁边流过。那儿有著名的保罗大教堂和动物园，还盛产那种叫作热狗的誉满全球的食品。

我们到达法兰克福那天，正遇上万圣节——西方的鬼节。下午四点光景，一些半大小子就熬不住了，他们打扮成妖魔鬼怪模样，急不可耐地走街串巷。猛一撞见，把我吓了一大跳。转眼仔细瞧瞧，他们或浑身披着用麻绳做成的"毛"，或穿着用拖把做成的裙子，更多的将自己的头脸甚至脖子都涂得漆黑，或者干脆套上了黑色面具，只留出一对极夸张的白眼。他们手执染得漆黑的扫帚，腰挎羊皮鼓，边敲边唱边舞。

见了我们，他们显得十分友好。我给点小钱，一个孩子就把手中的黑扫帚递给我——表示友好和尊敬。我打着手势，提出要和他们合影，他们都争先恐后地挤上来，很乐意地让人拍了照片。

据说两千多年前，欧洲的天主教会把11月1日定为"天下圣徒之日"——万圣节。公元前五百年，凯尔特人又把这节日往前移了一天，变成10月31日。他们认为这天秋季正式结束，而严酷的冬季就要来临；同时以为这一天死去的幽灵会回到故里，并在活人身上找寻还魂的机会。

而活着的人则惧怕死鬼来夺生，于是就在这一天关掉炉火、熄灭烛光，让幽灵找不着东南西北；活人们又把自己打扮成妖魔鬼怪，以恶治恶，相信这样能把幽灵吓跑。

◎ 法兰克福街景　佚名　摄

◎ 与法兰克福幽灵零距离：万圣节　杨东标　摄

　　到了公元 1 世纪，占领了凯尔特部落领地的罗马人也渐渐接受了万圣节习俗，他们戴着可怕的面具，打扮成动物或鬼怪，敲锣打鼓地赶走在他们四周游荡的幽灵。时间流逝，万圣节的意义也逐渐从恐惧变得积极快乐起来，喜庆的意味成了主流。万圣节的巫婆、黑猫等形象，大都变成友善可爱和滑稽的脸谱。

　　万圣节是孩子们最欢乐的节日。在夜幕降临时，孩子们便迫不及待地穿上五颜六色的化妆服，戴上千奇百怪的面具，提上一盏"杰克灯"跑出去玩。"杰克灯"的做法是将南瓜掏空，外面刻上笑眯眯的眼睛和大嘴巴，然后在瓜中插上一支蜡烛，点燃；人们在很远的地方便能看到这张憨态可掬的笑脸。

　　收拾停当后，装扮成妖魔鬼怪的孩子们手提"杰克灯"，跑到邻居家门前，扯着嗓子喊着："要恶作剧还是给款待？""给钱还是给吃的？"如果大人不用糖果、零钱去"贿赂"他们，淘气鬼们就把人家的门把手涂上肥皂，或者把人家的宠物涂抹得乱七八糟。这些恶作剧常令大人们啼笑皆非。当然，更多的人家都

非常乐于款待这些天真烂漫的小客人。所以万圣节这天，孩子们总能欢天喜地地满载而归。

卢森堡的红叶

卢森堡是个袖珍王国，它的面积只有 2586.3 平方千米，北京约 16000 平方千米，卢森堡比北京小。它位于欧洲西北部，东邻德国，南毗法国，西北部与比利时接壤。

对于我们泱泱大国来说，卢森堡实在是太小了。总统府并不威严，大门外只站着一个卫兵，一侧还开有一家小店；国务院的门前还摆着个菜摊子，看起来挺幽默。我们在她的首都卢森堡市走过来走过去，没看到一个警察，也没看到兵，整个城市看起来像玩过家家似的。

卢森堡素有"千堡之国"的称谓。卢森堡因为地势险要，一直是西欧重要的军事要塞。这个小国在历史上曾有过三道护城墙、数十座坚固的城堡、23 公里长的地道和暗堡，被誉为"北方的直布罗陀"。

如今的卢森堡是全球最大的金融中心之一，也是欧元区内最重要的私人银行中心及全球第二大（仅次于美国）的投资信托中心，是欧盟中人均收入和生活水平最高的国家。

我们在山谷里行走，看得出来，卢森堡的土地是褐红色的，因此她又被人称为"红土国"。卢森堡的铁矿储量有 2.7 亿吨。导游说，在这个国家开汽车，要特别注意把握方向盘，因为地下的磁铁矿会左右车子的方向。

202

© 枫叶醉秋　佚名 摄

　　汽车把我们送到卢森堡大峡谷。五六十米深的峡谷不算特别深。作为浙江人，我们有天台、新昌的大峡谷，还有浙西大峡谷，卢森堡的峡谷不在话下。

　　峡谷里，绿树掩映，小溪潺潺。一座叫作"阿道夫"的拱形石桥，把峡谷两边的新、旧城区连接起来。

　　让我们惊艳的是峡谷里的落叶，那厚厚的、遍地的落叶，它们红着，红得似乎透明，它们黄着，黄得发出金子般的光芒。遍地的落叶像华丽的地毯那么厚，踩上去，是那么的富有弹性。

　　这次的西欧之旅，我们见过了荷兰、比利时的美树，也见过了柏林、巴黎的落叶，它们总是那么纤尘不染，那么纯洁无瑕，仿佛刚刚浴罢的少女；而卢森堡的落叶，似乎更胜一筹，它们片片都闪着圣洁的光芒，你甚至可以看到叶子里流淌着的血液和鲜活的生命。

　　我扑入落叶的怀抱，朋友们举起相机，飞快地按动着快门。我想，如果死亡还能这么辉煌，那么让我与落叶一起永恒吧！